날 살린 좀비

그래서 **전업 소설가로** 산—다

날

살

린

정명섭

좀

비

yeon/doo

차례

작가의 말

나는 좀비가 어둠 속에서 꿈틀거리다 찬란한 햇빛 아래 모습을 드러내는 것을 지켜봤다. 약 20년간 걸린 것 같은데 마치 애벌레가 태어나서 살아남기 위해 필사적으로 꿈틀거리다 누구도 건드릴 수 없는 존재가 되어버린 느낌이다. 2012년에 공개된 미국 드라마 <워킹 데드> 시즌 3의 공개 행사를 갔던 때가 기억난다. 마치 죄를 지은 도망자처럼 괜히 사람들의 눈치를 보면서 드라마가 상영되는 지하 극장으로 내려갔다. 이제 좀비는 적어도 어색하거나 이상한 존재로 보이지는 않는다. 나도 이제는 좀비를 좋아한다고 떳떳하게 말한다. 오히려 좀비를 좋아한다는 이유로 TV에도 출연하고, 출간 기회도 더 많이 얻었다. 이 책도 어쩌면 그 결과물일지도 모른다. 그래서 나는 종종 우리 일생을 좀비와 비교한다. 지금 내 주변에는 자신에게 기회가 오지 않는다는 사실에 절망하고 한탄하는 사람들이 적지 않다. 그런데 나는 좀비를 좋아한다는 이유만으로 성공의 기회를 잡은 것이다. 그후로 뭔가 하나를 꾸준히 하면서 노력하면 한 번은 기회가 온다는 생각을 하게 되었다. 그 기회를 잡는지 못 잡는지는 당사자의 몫이겠지만 말이다.

좀비를 통해 세상을 알고, 인간을 이해한다고 말하면 사람들은 코웃음을 친다. 너무 심하게 빠지지 말라는 충고를 곁들이는 일도 많다. 하지만 우리 인생은 좀비와 닮았다. 능력보다 많은 걸 얻기 위해 욕심을 부리는 모습에서는 먹을 것을 찾기 위해 질주하는 좀비랑 비슷하다. 그 정도면 충분한데 그러지 못하고 계속 그 이상을 탐닉하는 것은 끊임없이 먹을 것을 찾아 헤매는 좀비와 다를 바가 없다. 목표를 이루기 위해 이성을 상실하는 모습에서도 좀비의 광기를 엿볼 수 있다. 세상이 지탱되는 건 인간의 욕망을 제어하는 가치관과 공권력이다. 따라서 그 두 개가 사라진다면, 특히 후자가 사라진다면 인간이 좀비처럼 되어버리는 데는 오랜 시간이 걸리지 않을 것이다. 그래서 나는 좀비를 좋아한다. 우리 인간이 가지 말아야 할 길을 가고 있고, 있으면 안 되는 공간에 존재하기 때문이다. 좀비에 대해서 생각하고 분석하는 시간에 자아 성찰의 계기가 되어서 돌아오는 것이다. 덕분에 조급하고, 욕심이 많으며, 인내심이 부족한 내가 별다른 실수를 하지 않고 지금껏 작가 생활을 해올 수 있었던 것 같다. 그러니까 좀비가 날 살린 셈이다.

○ 1부 | 날 살린 좀비

좀비라는 낯선 존재

좀비는 흔히 '살아 있는 시체'라고 불린다. 의학적으로 죽음을 맞이했지만 어떤 이유에서인지 다시 살아나서 살아 있는 사람들을 공격한다. 그들에게 물린 사람들도 곧 좀비가 된다. 예전에는 B급 호러 영화의 단골손님이었다가 시간이 흐르면서 헐리우드 블록버스터의 주인공이 되어서 날뛰고 있다. 우리는 왜 좀비라는 외형적으로는 흉측하면서도 힘은 전혀 없는 괴상한 존재에 빠져드는 걸까?

어떻게 보면 좀비는 날 살린 존재라고 할 수 있다. 오랜 무명의 작가 생활 동안 나에게 휴식 같은 존재가 되었다. 사람이 정신적인 안정을 찾는 건 대략 두 가지다. 하나는 돈을 많이 벌 때, 그리고 또 하나는 힘든 현실을 잊어버릴 만한 다른 일에 열중하는 것이다. 좀비는 나에게 후자의 존재였다. 글쓰기에 힘들고 어려울 때, 출판사에서 연거푸 내 원고를 거절할 때, 통장이 비어갈 때, 밤새 한 줄도 쓰지 못할 때의 두려움은 아직도 내 기억 속에 생생하다. 버티다 보면 기회가 오고 희망이 생길 것이라는 건 누구나 다 알지만 막상 내가 겪으면 얘기가 달라진다. 그때 나를 버티게 해준 게 바로 좀비였다.

좀비가 등장하는 이야기를 구상하고, 그걸 위해 자료를 찾아봤다. 물론 당시 상황으로는 좀비가 등장하는 작품을 출간한다는 건 불가능한 일이었다. 하지만 힘든 하루를 버틸 좋은 버팀목이라는 것은 명백했다. 돌이켜 보면 내가 언제부터 좀비를 좋아했는지는 알 수 없다. 하지만 보는 순간 빠져든 건 확실하다. 안 그랬다면 끈기 없는 성격에 이렇게까지 오랫동안 매달리지는 않았을 테니까 말이다.

좀비는 낯선 존재이지만 조금씩 우리 안에 스며들고 있다. 조선 시대에 상투를 틀고 등장하고 있고, 우주복을 입고 나타나기도 한다. 인간과 연애를 하기도 하고, 뭔가 신인류 같은 분위기를 연출하는 경우도 나온다. 좀비는 불길한 존재이지만 많은 상징으로 받아들여진다. 정치적으로 경도된 집단이나 현대 소비 사회의 집단성과도 연결된다. 좀비는 두려운 존재이지만 사람들이 조금씩 받아들이고 있다. 20년 가까이 그런 과정을 지켜보고 있으면 신기하기도 하고, 재미있기도 하다.

2019년 6월 말로 기억한다. 낯선 번호로 전화가 왔다. 보통 저장되지 않는 번호로 오면 스팸이나 대출 관련 전화인 경우가 많았다. 하지만 출판사에서 계약 관련해서 하는 전화나 도서관이나 학교에서 오는 강연 요청일 경우도 있기 때문에 반드시 받아야만 했다. 그때 왔던 전화는 학교나 도서관이 아니었다. 송은이와 김숙이 진행하는 〈영화보장〉이라는 프로그램의 담당 작가였다. 비보 TV라는 곳이었는데 처음에는 잘못 알아듣고 비보호?라고 생각했다. 전화한 이유는 좀비가 등장하는 영화 〈부산행〉을 다루면서 패널로 초대할 뜻을 비친 것이다.

첫 번째 든 생각은 기가 막히게 잘 찾았다는 것이다. 그 당시에는 〈워킹 데드〉와 〈부산행〉이 대중에게 선보이면서 좀비는 이제 예전보다는 낯선 존재가 아니었다. 하지만 이른바 전문가는 찾기 어려웠다. 그 말은 굉장히 웃기기도 한데 세상에 존재하지 않는 좀비에 관한 전문가를 어떻게 찾을 수 있단 말인가? 거기다 몇 년 전까지 좀비는 벌레보다 못한 취급을 받았다. 어떤 공모전 심사위원은 자기는 좀비가 너무 싫어서 보는 족족 떨어트린다고 했고, 또 다른 중견 작가는 좀비물을 쓰는 작가는 정신병자일 것이라는 얘기를 했다. 초창기 우리나라 영화와 드라마에서 나온 좀비는 분장부터 움직임까지 쓴웃음이 나올 정도로 형편없었다. 얼굴만 귀신처럼 분장하고 목과 손은 그냥 놔둬서 잔뜩 기대하고 봤다가 크게 실망했던 기억도 떠올랐다. 분위기가 바뀐 것은 미국 드라마 〈워킹 데드〉였다. 지금도 집에서 쓰는 머그컵 중 하나가 바로 시즌 3 상영회에서 SNS에 게시물을 올리고 받은 것이다. 그런 분위기인데도 한국에서 좀비 장르가 자리 잡으려면 최소 한 세기는 걸릴 거라고 말하고 다녔다. 웃기는 건 내 얘기에 다들 수긍했다는 것이다. 하지만 빨리 빨리의 민족 대한민국은 좀비 장르조차 빨리 받아들였다. 〈부산행〉 한 편으로 다른 나라들이 수십 년간 낑낑거리며 쌓아 온 노하우와 인지도를 따라잡은 것이다. 그러면서 좀비에 관한 수요가 늘어났다. 그런데 전문가라고 불릴 만한 사람들이 없었다. 그런 상황이라 뜻하지 않게 이리저리 불려다녔다.

2016년에도 MBC에서 김구라 씨가 진행하는 〈능력자들〉이라는 프로그램에 좀비 능력자로 나간 적이 있었다. 〈부산행〉이 흥행에 성공한 이후에도 좀비 전문가로서 적지 않은 인터뷰를 했다. 그래서 〈부산행〉을 찍은 연상호 감독을 만났을 때 고맙다는 말을 했다. 좀비 장르를 자리 잡게 해주고, 날 바쁘게 해줬다는 점에서 말이다.

인터뷰를 몇 번 하고 대본을 검토한 후 출연이 확정되어서 머나먼 일산까지 갔다. 지하철과 버스를 번갈아 타고 도착한 촬영 장소는 적지 않은 스텝으로 북적거렸다. 간단한 분장을 하고 중간에 전문가로 투입이 되었다. 예전에 〈능력자들〉에서 한 번 얘기해 본 적이 있었기 때문에 어떤 질문이 나오거나 액션을 취해야 할지는 대략 예측해 볼 수 있었다. 중간에 전문가라고 소개가 됐고 투입되어서 패널들과 얘기를 나눴다.

장항준 감독이 특히 편하게 해줬다. 예측이랑 벗어난 지점은 서바이벌 키트를 소개할 때였다. 사실 처음 미팅할 때부터 얘기 나왔던 게 바로 서바이벌 키트였다. 유튜브 방송이라 눈에 보이는 게 중요하기 때문이다. 그래서 서바이벌 키트를 준비해달라는 요청을 받았다. 원래 간단한 서바이벌 키트는 있었지만, 몇 가지 더 보충한 후에 가방에 넣어가지고 갔다. 간단한 소개가 끝난 후에 좀비에 대한 얘기들이 오갔다. 그리고 서바이벌 키트를 비롯해서 장비를 소개하는 시간이 되면서 예상 밖의 사건이 벌어졌다. 서바이벌 키트를 보여달라는 요청을 받고 몇 가지 장비를 한쪽 어깨로만 매는 슬링백에 미리 채워 넣었다. 맥가이버칼이라고도 불리는 멀티 툴과 장갑, 불을 붙일 수 있는 스타터, 각종 응급처치 장비와 정수용 빨대, 그리고 소형 라이트를 차곡차곡 챙겼다. 그렇게 촬영 전날 마지막으로 장비를 정리하는데 부인이 갑자기 호랑이 연고를 넣었다. 별 뜻 없이 넣었고, 나도 뺄 생각을 하지 않았다. 그런데 출연진들 눈에 띈 것이다. 황제성 씨를 시작으로 이걸 어디에다 쓰느냐는 질문이 쏟아졌다. 호랑이 연고를 바르면 호랑이처럼 용감해지기 때문에 필요하다는 말을 애드립처럼 했고, 그게 시작이었다. 그나마 진지하던 얘기들이 갑자기 산으로 가버린 것이다.

송은이와 김숙 씨는 물론 장항준 감독이 차례대로 못 믿겠다는 말과 함께 개그를 선보였고, 내가 거기에 발을 맞춰버리면서 진지한 얘기들은 삽시간에 증발해버렸다. 물론 프로그램의 특성상 진지함과는 거리가 먼 편이라서 어느 정도는 예측했지만, 삽시간에 분위기가 바뀌고 말았다.

물론 그렇다고 힘들거나 실망하지는 않았다. 좀비는 진지하게 접근하면 망하기 때문이다. 실존하지도 않는 것을 온갖 상상력을 더해서 만들었기 때문이다. 설정상 구멍도 심하고, 역사도 짧기 때문에 뱀파이어나 늑대인간에 비해 실존감이 떨어지기 때문이다. 늑대인간처럼 은으로 된 총알을 맞거나 뱀파이어처럼 십자가를 봐야만 멈출 정도로 강력하지도 않다. 총알에 맞아도 쓰러지고 칼이나 몽둥이에도 쓰러진다. 가끔 바보처럼 굴다가 절벽에서 떨어지거나 함정에 빠지기도 한다. 그런 허약하기 그지없는 존재라 다른 크리처들이 내뿜는 카리스마 같은 건 없다. 그래서 초반부터 다양한 변형이 가해졌다.

대표가 바로 〈웜바디스〉로 남자 좀비와 여성 인간이 연애하는 이야기다. 그런 점들이 바로 좀비들을 짧은 순간에 대표적인 크리처로 끌어올린 것이다. 따라서 좀비는 진지하면 망하게 된다.

그러니까 어쩌면 그런 식의 진행을 더 기대하고 있을지도 모르겠다. 그 이후에는 새총으로 쏘는 시범으로 넘어갔다. 좀비가 나타나면 무기를 사용해야 하는데 총은 구할 수도 없을뿐더러 소리가 나면 오히려 더 많은 좀비가 나타날 수 있기 때문에 별로 추천하지 않는다. 칼 역시 구하기 힘들뿐더러 가까이서 싸워야 하기 때문에 위험할 수 있다. 따라서 이런 저런 얘기를 하다가 나온 게 바로 새총이었다. 표적을 붙여놓고 새총으로 공기를 쏴서 맞추는 시범을 보였다. 그 이후에 다른 얘기를 하는데 갑자기 조명이 어두워졌다. 좀비나 귀신을 주제로 다루면 항상 중간에 분장한 배우를 투입한다.

이번에도 따로 얘기해주지는 않았지만 화장실에서 누군가와 마주쳐서 어느 정도는 짐작하고 있었다. 등장한 좀비는 영화 〈부산행〉에서 공유 씨를 공격했던 군인 좀비였다. 워낙 리얼하게 연기한 덕분에 어느 정도 짐작했지만 상당히 놀랐다.

그렇게 두 시간 정도 되는 촬영이 마무리되었다. 수많은 스탭이 동원되는 방송은 긴장할 수밖에 없지만 끝날 때 만족감이 가장 큰 편이다. 그날도 잘 끝난 편이라서 만족스러웠다. 안타까운 건 내가 개인적으로 좋아했던 개그우먼인 고 박지선 씨와 많은 얘기를 나누지 못했다는 점이었다.

그때도 그렇고 다른 인터뷰나 개인적으로 왜 좀비를 좋아하느냐는 질문을 참 많이 받는다. 그 질문 안에는 좀비 같을 걸 왜 좋아하느냐는 또 다른 질문이 숨겨져 있는 걸 어렵지 않게 알아차릴 수 있다.

그래서 늘 같은 질문을 던지는 것으로 대답을 대신한다. "좀비를 좋아하면 안 되는 이유가 있습니까?" 그러면 속마음을 들킨 상대방은 어물쩍 넘어가버린다. 다행스럽게도 최근에는 그런 식의 의도를 가진 질문이 많이 줄어들었다. 좀비가 유명해지기도 했고, 남들의 취향을 인정해주는 사회적인 분위기 때문인 것으로 보인다. 그러면서 나는 자연스럽게 오래전부터 좀비를 좋아하는 선구적인 좀비계의 1세대 또는 고인물 취급을 받는다.

내가 언제부터 좀비를 좋아했을까를 수없이 생각해봤지만 답을 찾을 수 없었다. 어린 시절 흑백으로 본 조지 로메로 감독의 〈살아 있는 시체들의 밤〉을 보고 빠져들었을 수 있고, 좀비가 등장하는 소설을 보고 훅 빠져들었을 수도 있다. 확실한 건 좀비를 보는 순간 빠져들었다는 점이다. 그래서 관련 자료들을 찾고, 작품들을 구해서 봤다.

그 와중에 좀비의 아버지인 조지 로메로 감독의 다른 작품들을 보게 되었다. 그리고 드디어 작가가 되었고, 살면서 처음을 사람들의 관심이라는 걸 받게 되었다. 당연히 어떤 작품을 쓰고 있느냐 혹은 어떤 작품을 쓰고 싶은지에 대한 질문들을 잔뜩 받았다. 그러면 나는 항상 좀비에 대해서 언급했다. "좀비가 나오는 작품을 구상 중입니다. 혹시 좀비 좋아하세요?"

하지만 상당수의 사람들은 좀비라는 얘기를 들으면 갸우뚱하거나 눈을 껌뻑거렸다. 입구 컷을 당한 것이다. 거기에 공공연하게 혐오를 드러내는 사람도 많았다. 10년 남짓한 세월에 그게 변한 걸 느꼈다. 물론 아직도 좀비를 싫어하고 무시하는 사람들이 적지 않지만 무작정 싫어하는 사람들은 이제 많이 줄었다. 여기서 또다시 연상호 감독님, 감사합니다.

좀비에 대한 시시콜콜한 얘기로 넘어가 보자면 부두교를 얘기하지 않을 수 없다. 좀비의 어원이 어디서 시작되었는지는 불분명하다. 서아프리카에서 신을 뜻하는 은잠비에서 왔다는 설이 있지만 명확하지는 않다. 좀비는 신이 아니기 때문이다.

억지로 추측을 하자면 서아프리카의 흑인들이 노예 상인들에게 잡혀서 아이티로 끌려갔다가 약물에 취해서 해롱거리는 사람들을 보고 은잠비라고 불렀고, 그것이 좀비로 불리게 된 것으로 추정된다.

세계사나 지리에 취약한 사람이라면 서아프리카와 아이티가 어디에 있는지 모르기 때문에 별로 실감이 나지 않을 것이다. 하지만 서아프리카와 아이티는 수천 킬로미터의 대서양을 사이에 두고 있다. 요즘처럼 제트기가 오가는 시대가 아닌데 어떻게 두 지역이 만났는지를 얘기하려면 서글픈 그들의 역사를 이야기할 수밖에 없다.

내가 학생이었을 때에는 크리스토퍼 콜럼부스가 1492년 신대륙을 '발견'했다고 나온다. 그리고 유럽의 백인들이 그 신대륙으로 몰려간다. 황금이 있었기 때문이다. 그 와중에 그곳에 살고 있던 원주민들은 전쟁과 전염병 때문에 몰살당하다시피 했다. 그리고 황금과 함께 사탕수수 같은 것들을 재배하는 대농장들이 들어섰다. 설탕을 얻을 수 있는 사탕수수는 황금만큼이나 돈을 많이 벌 수 있는 기회를 주었다. 문제는 사탕수수를 재배하고 설탕을 추출하기 위해서는 많은 인력이 필요했다. 그곳에 살던 원주민들은 몰살당했고, 같은 백인들을 노예로 쓸 수는 없었던 상황이었다. 그들의 시선은 신대륙보다 먼저 발견했던 아프리카 대륙으로 향했다. 그곳에는 노예로 쓸 흑인들이 잔뜩 있었기 때문이다.

유럽에서 출발한 노예선이 남쪽으로 향하면 바로 서아프리카에 도달한다. 그곳에서 흑인들을 사거나 혹은 붙잡아서 배에 태운 다음에 카리브해로 향한다. 그곳에서 사탕수수를 재배하는 농장에 그들을 팔아치우고 설탕을 사서 유럽으로 돌아왔다. 이런 노예 삼각 무역은 수백 년 동안 이어져왔고, 약 천만 명이 넘는 흑인 노예들이 카리브해와 남북아메리카로 팔려나갔다. 그 와중에 좁은 배에 갇혀 실려가다 질병에 걸리거나 굶주려 죽었다. 그리고 저항을 한 흑인들은 죽음을 당한 후 바다에 버려졌다.

이렇게 낯선 카리브해의 어느 섬에 도착한 흑인들은 그때부터 감시인의 채찍을 맞으며 사탕수수를 재배해야만 했다. 이 와중에 또 얼마나 많은 사람이 죽거나 고통을 받았을지는 상상에 맡기겠다. 그렇게 힘들어하던 흑인 노예들은 자신들의 삶을 위로해줄 존재를 찾았다. 그게 바로 부두교였다.

아이티의 토착 종교와 서아프리카 지역의 종교, 그리고 그들을 지배하던 백인들의 종교인 카톨릭의 교리가 섞인 부두교는 종종 악마의 종교로 오해받는다. 하지만 고된 노동과 가망 없는 앞날에 지쳐 있던 흑인 노예들에게는 정신적 지주나 다름없었다. 그들을 노예로 잡아온 백인들은 자신들의 종교까지 강요했다. 아이티를 차지한 건 프랑스였기 때문에 그들은 흑인 노예들에게 가톨릭을 믿도록 했다. 하지만 머나 먼 낯선 땅으로 강제로 끌려온 흑인 노예들은 쉽사리 받아들이지 못했다. 교리도 이해하기 힘들었고, 자기를 핍박하는 주인이 믿는 종교이니 호감을 가지기 쉽지 않았던 것이다. 그래서 그들은 자신의 고향에서 믿던 토착 신을 믿었다. 하지만 겉으로 드러냈다가는 야만적이라는 이유로 탄압을 받을 게 뻔했기 때문에 겉은 가톨릭으로 포장해야만 했다.

마침 서아프리카의 토착 신앙에는 로아라는 정령이 있는데 이걸 가톨릭의 성인들과 연결지을 수 있었다. 아이티를 비롯한 카리브해로 끌려온 흑인 노예들은 오랫동안 살지 못했다. 무더위와 가혹한 노동, 그리고 부족한 식사 때문에 첫 해에 적지 않은 흑인 노예들이 사망하고, 살아남았다고 해도 10년 이상을 넘어가기는 힘들었다. 앞날이 보이지 않던 흑인 노예들은 더욱 부두교 신앙에 매달렸다. 감시 자격인 노예주들은 대충 가톨릭이랑 비슷해 보이는데다가 이것까지 막으면 진짜 폭동이 일어날지 모르기 때문에 눈 감아주었다.

슬픔과 고통을 배경으로 탄생한 부두교는 아이티의 흑인 노예들 사이에서 광범위하게 퍼졌다. 그러면서 로아에게 제물을 바치고, 소원을 비는 의식이 행해졌다. 대개 노예주들의 눈을 피하기 위해 한밤중에 열렸다. 특정한 장소에 모여서 동물을 제물로 바치고, 북소리에 맞춰 춤을 추면서 로아가 자신의 소원을 들어주기를 바랐다. 그러면서 약물들을 통해 집단 환각에 빠지기도 한다.

이런 의식과 독특하면서도 기괴한 문양과 상징 때문에 부두교는 세상에 알려진 이후 악마의 종교로 낙인 찍혔다. 따라서 서구에서 만든 영화에서는 부두교 사제나 신자들이 악당으로 묘사되는 경우가 굉장히 많다. 〈007 시리즈〉에 초기 작품 중에서는 악당의 포지션을 차지하고 있었고, 무표정하게 사람 목이나 팔을 꺾던 스티븐 시걸의 영화에서도 괴상한 주술을 행하는 악당으로 나왔다. 인형에게 악당의 영혼이 들어갔다는 설정의 〈처키〉라는 호러 영화에서는 아예 부두 인형이라는 설정이 나온다. 하지만 부두교에서는 사람을 제물로 바치거나 범죄 조직을 구성하지 않는다. 부두 인형이라는 것 역시 실제로는 존재하지 않는다.

하지만 백인들이 이해하기에는 낯설고 기괴한 의식과 흑인들이 믿는다는 이유, 그리고 좀비의 탄생과 연관이 있다는 이유로 오늘날까지 종종 오해를 산다. 하지만 부두교에서 등장하는 좀비와 서구에서 재탄생한 좀비와는 적지 않은 차이가 있다. 따라서 좀비가 부두교의 산물이라거나 부두교를 나쁜 이미지로 생각하는 건 피해야 한다. 어찌 보면 부두교는 백인의 욕심이 만든 비극의 종교이기 때문이다.

아이티 역시 마찬가지다. 수천 년간 살아오던 원주민들은 불과 몇십 년 만에 백인들의 탄압과 전염병으로 사라지고 말았다. 그리고 그 자리를 대신하기 위해 천만 명이 넘는 아프리카 흑인들이 바다 건너 끌려온 것도 모두 그들 때문이다. 부두교에서 죽음이 유독 자주 다루고, 친숙한 것도 바로 그것 때문이다. 아이티로 끌려온 흑인 중에 오래 살아남은 사람이 극히 드물기 때문이다.

이렇게 슬픈 역사로 점철된 아이티에서 좀비가 탄생한 이유는 근대사와 깊은 연관이 있다. 프랑스의 식민지였던 아이티는 프랑스 혁명으로 큰 변화를 겪는다. 백인 농장주들에게 억압받던 흑인들은 프랑스 혁명의 소식을 듣고 새로운 세상이 왔다고 확신한 것이다. 검은 나폴레옹이라고도 불린 투생 뤼베르튀르는 아이티의 혁명을 이끌었다.

무장한 흑인 노예들은 반란을 평정하기 위해서 배를 타고 온 프랑스군과 아이티를 점령하려고 왔던 영국군을 물리쳤다. 무장과 훈련은 프랑스나 영국군이 뛰어났다. 하지만 현지 지형을 잘 아는 아이티 흑인 노예들의 게릴라전과 황열병을 이기지 못했다. 수많은 프랑스군과 영국군이 황열병으로 쓰러지면서 아이티의 흑인 노예들은 비로소 해방을 맞이한다.

교과서에서는 아주 짧게 아이티 혁명이라고 나오지만 그 짧은 문구로는 처절한 과정들을 적절히 설명할 수가 없다. 1789년 프랑스에서 혁명이 일어나자 식민지였던 생 도밍그, 지금의 아이티에서도 조금씩 변화가 찾아온다. 자신들의 권리를 주장하는 목소리가 높아진 것이다. 처음 목소리를 높인 것은 크레올들이었다. 백인과 흑인 사이에서 태어난 그들은 흑인 노예보다는 조금 처지가 나았지만 탄압과 차별을 받는 처지는 마찬가지였던 것이다. 크레올의 대표자가 총독에게 자신들에게도 투표권을 달라고 요구한다. 하지만 돌아온 건 처형이었다. 총독은 아마 잔혹하게 처벌하면 나머지는 겁을 먹고 알아서 입을 다물 것이라고 생각한 것 같았다.

하지만 인간의 감정과 분노는 때로는 두려움 따위는 가볍게 뛰어넘는다. 자신들의 대표자가 처형당한 걸 지켜본 크레올들과 흑인 노예들은 이제 말과 협상으로는 원하는 답을 얻을 수 없다는 걸 명확하게 깨달았다.

1791년, 크레올 중 한 명인 투생 뤼베르튀르가 주도하는 아이티 혁명이 일어난다. 우리가 반란이나 폭동이라고 부르지 않고 혁명이라고 부르는 이유는 아주 드물게 성공했기 때문이다. 투생 뤼베르튀르는 탁월한 지휘력과 전술적 감각을 발휘해 프랑스군을 무찔렀다. 아이티 전체를 점령한 혁명군은 노예 해방을 선언한다. 그리고 혼란한 와중에 설탕의 산지인 아이티를 차지하기 위해 쳐들어온 영국군을 물리친다. 그리고 나폴레옹의 처남인 샤를 르클레르가 이끄는 프랑스군의 침략도 받지만 일치단결해서 물리치는 데 성공한다.

하지만 그 와중에 투생 뤼베르튀르는 포로로 잡혀서 프랑스로 끌려갔다. 그리고 다시는 아이티로 돌아오지 못하고 세상을 떠난다. 자유를 찾은 이후에도 혼란은 이어졌다. 투생 뤼베르튀르의 동료들은 황제의 자리에 오르기도 했고, 서로 반목하면서 남북으로 분단되기도 했다. 이런 와중에 노예제는 사라지지 않았다. 극단적으로 얘기해서 백인 농장주에서 흑인 농장주로 바뀐 것뿐이었다.

이렇게 독립은 했지만 안정적인 통치 시스템을 구축하지 못한 혼란 속에서 프랑스가 다시 쳐들어와서 막대한 배상금을 요구한다. 결국 배상금을 지급하기로 한다. 아이티의 특산품이었던 설탕과 커피를 판매하면 된다고 생각했기 때문이다. 하지만 카리브해의 다른 영국 식민지에서 재배된 설탕과 커피가 생산되면서 판매 경쟁에서 밀리고 만다. 다른 지역은 본국이라는 시장이 존재했지만 독립한 아이티에게는 그런 게 없었기 때문이다. 이런 와중에 아이티의 지도자들이 찾은 해답은 바로 같은 히스파니올라섬에 있는 도미니카를 침략하는 것이었다. 도요토미 히데요시가 자신에게 쏠린 불만을 임진왜란으로 풀어낸 것처럼 말이다.

하지만 도미니카인은 아이티의 침략에 강력하게 저항했고, 결국 10여 년 만에 포기하고 물러나야만 했다. 이렇게 간신히 독립한 이후 내분과 갈등으로 정치적 혼란이 이어졌다. 이런 상황이 계속되면서 마을의 사적인 지배와 형벌이 일상적이 되었다. 원래 국가가 법률과 경찰을 동원해서 지켜야 하는 것이지만 아이티는 그럴 역량을 가지지 못했다.

덕분에 마을에서 자체적으로 규율을 정하고, 위반한 사람들을 처벌했다. 공권력을 대신한 시스템이 자리잡은 것이다. 이런 상황에서 처벌의 기준은 국가의 법을 위반했는지 안 했는지보다 더 중요한 건 마을이라는 공동체의 이익이었다. 어릴 때 교과서에서 두레에 대해 배운 적이 있었다. 우리 조상의 빛나는 공동체 정신의 산물로 마을 사람들이 서로 농사를 돕는 역할을 한다고 배웠다. 국사 선생님에게 그 설명을 들으면서 한 가지 의문이 들었다. 만약 마을 사람들과 사이가 나빠서 두레에 참여하지 못한다면 어떻게 지낼 수 있을지 였다. 해답은 최근 귀농한 사람들이 현지 주민들과 마찰을 빗다가 떠나는 것에서 얻을 수 있었다.

문제는 지금은 다른 지역으로 떠나는 것이 별로 어렵지 않은 반면, 예전에는 죽음이나 다름없는 형벌이었다는 점이다. 국가와 법률이라는 강제성과 권위가 없는 공동체는 종종 반항하는 이를 혹독하게 처벌하는 것으로 기반을 유지하려고 한다. 아이티에서는 공동체에 적응하지 못하거나 반하는 사람들에 대한 일종의 '추방'이 바로 좀비로 만드는 것이다.

시작은 주술사가 추방자로 점 찍힌 자에게 특수한 약물을 주입하는 것이다. 테트로도톡신이라는 성분의 약물은 사람의 의식을 잃게 만들고 심박수를 떨어트린다. 지금처럼 병원에서 사망 판정을 내리기 어려운 상황이라면 대략 의식이 없고, 숨을 제대로 안 쉬면서 맥박이 뛰지 않으면 사망한 것으로 판단한다. 그렇게 약물을 복용한 대상자는 의식을 잃고 가사 상태에 빠지게 되면서 죽은 것으로 오해된다. 그렇게 장례까지 치르게 하고, 매장이 끝나기를 기다렸다가 밤중에 묘지에 찾아서 무덤을 파고 추방자를 깨우는 것이다. 자신이 죽었다고 생각하고 있던 추방자는 주술사에게 이끌려서 먼 곳으로 끌려간다. 그리고 그곳에서 노예로 일하게 된다.

일부에서는 의식이 완전히 없는 상태라고 묘사하지만 그런 상태는 아니고, 죽다 살아났다는 두려움과 고향에서 쫓겨났다는 좌절감에 의해 생각할 의지를 상실한 상태로 봐야 한다. 거기다 죽다 살아나는 과정에서 뇌에 산소가 공급되지 않아서 일정 부분 사고 능력이 떨어진 것도 노예로서의 삶을 살아가야만 하는 이유가 되었다. 혁명을 일으키고, 해방을 맞이했지만 노예제는 그냥 유지할 수밖에 없었던 아이티가 가진 비극의 일부다.

공권력이 국가가 만든 법률의 위반 유무에 따라 체포하고 처벌하는 반면, 공동체의 규율은 좀 더 잔인한 편이다. 딱히 법을 위반하지 않아도 공동체의 이익을 거스르게 되면 처벌받게 된다. 조선 시대 농촌에서는 당사자나 가족들을 마을에서 추방했고, 아이티에서는 좀비로 만드는 것으로 벌을 가했다. 일단 형식상으로는 죽었기 때문에 법적 보호를 받을 수는 없었고, 거기다 살아 있는 사람이 아니라는 일종의 낙인이 찍힌 것으로 봐야 할 것 같다.

관련 내용들은 웨이드 데이비스가 쓴 『나는 좀비를 만났다』에 자세하게 나와 있다. 한마디로 아이티의 좀비는 마을 공동체에서 규율을 어기는 자에게 내리는 형벌이자 노예를 만들기 위한 의도적 방식이다. 사망 후에 깨어났기 때문에 인간으로서의 권리를 주장할 수 없어서 노예로 지내야 하기 때문이다. 혁명을 거쳐서 독립한 아이티에서 노예제가 남아 있다는 씁쓸함을 간접적으로 체험할 수 있는 상황이기도 하다. 결국 좀비의 탄생은 노예제도와 완성되지 못한 혁명, 공동체의 이익이라는 냉혹함이 더해진 결과물인 셈이다.

아이티의 좀비는 1943년 미국 영화 〈나는 좀비와 함께 걸었다〉로 본격적으로 소개된다. 이때까지만 미국인에게 좀비는 저 멀리 카리브해의 아이티라는 섬에서 볼 수 있는 특산물(?) 수준이었다. 이후 조지 로메로 감독이 1968년에 발표한 〈살아 있는 시체들의 밤〉을 통해 우리가 아는 좀비의 원형이 완성된다. B급 크리처로 등장하다가 2000년대 이후 〈워킹 데드〉, 〈월드워 Z〉 등이 잇달아 흥행에 성공하면서 수면 위로 부상한다. 한국에서도 오랫동안 비주류였다가 연상호 감독의 〈부산행〉과 〈반도〉, 그리고 〈킹덤〉으로 인지도가 높아졌다.

영화와 드라마를 통해 다가오다

앞서 설명한 대로 좀비의 고향이 아이티라면 성장한 곳은 미국, 그중에서도 헐리우드라고 할 수 있다. 세상의 모든 재미난 것을 끌어모아서 영화로 만들어내는 시스템을 자랑하는 헐리우드가 가까운 카리브해에 있는 부두교와 좀비를 놓칠 리가 없다.

우리는 좀비 영화의 시작점을 조지 로메로 감독의 1969년 작 〈살아 있는 시체들의 밤〉으로 본다. 하지만 헐리우드에서는 그 이전부터 좀비를 끌어다 썼다. 1932년에 발표된 화이트 좀비는 서구에서 재해석한 좀비가 등장한다.

영화에서 드라큘라로 자주 등장하는 벨라 루고시가 좀비를 조종하는 부두교의 주술사로 등장한다. 영화는 아이티로 신혼여행을 떠난 닐과 마들렌 부부가 유람선에서 보몽이라는 남자를 만나면서 시작된다. 아이티의 농장주인 보몽은 마들렌에게 흑심을 품고 두 사람을 자신의 저택으로 초대한다. 그리고 부두교의 주술사인 머더를 시켜서 마들렌에게 약을 먹이게 한다. 사람을 죽은 것처럼 착각하게 만드는 약을 섭취한 마들렌을 본 닐은 여자가 사망했다고 오해한다. 장례를 치르고 매장까지 끝난 상황에서 보몽은 머더를 시켜서 마들렌을 깨우도록 한다. 휘하의 좀비들을 시켜서 마들렌을 무덤에서 꺼낸 머더는 자신의 성으로 여자를 끌고 온다. 그리고 머더 역시 여자를 한눈에 보고 사랑에 빠지고 만다. 머더는 경쟁자인 보몽에게도 약을 먹여서 좀비로 만들어버리고 마들렌을 독차지하려고 한다. 한편 사랑하는 아내를 낯선 아이티에서 떠나보내고 상심에 빠진 닐은 선교사 브루너를 만나 진실을 듣게 된다. 닐은 브루너의 도움으로 아내인 마들렌이 갇힌 머더의 성으로 향한다. 이런 닐의 앞을 머더가 조종하는 좀비들이 가로막는다. 좀비가 등장하는 최초의 장편 상업 영화라는 타이틀을 가진 화이트 좀비는 서구인들이 보는 좀비의 위치를 정확하게 나타내는 영화라고 할 수 있다. 아이티라는 낯설지만 매혹적인 곳에서 흑인들의 주술로 백인들이 겪는 고난과 모험담을 그리고 있다.

영화는 흥행에 성공하면서 다음 편인 좀비들의 복수가 만들어진다. 하지만 안타깝게도 흥행에 실패하면서 반짝하던 좀비의 인기는 사라져버린다. 그 다음으로 명맥을 이은 작품은 제2차 세계대전이 한창이었던 1943년에 만들어진 자크 투르뇌르 감독의 〈나는 좀비와 함께 걸었다〉다.

앞선 작품에 비해 뭔가 철학적으로 보이는 제목이지만 호러로 분류될 법한 내용으로 진행된다. 캐나다 출신의 백인 여간호사 베시가 카리브해에 있는 세인트 세바스찬섬으로 떠나는 것으로 이야기가 시작된다. 그곳의 사탕수수 농장주인 폴 홀랜드에게 고용되었기 때문이다. 폴이 여자를 고용한 건 아내인 제시카를 돌봐주기 위해서였다. 여자는 심각한 질병을 앓은 이후 의식이 거의 없는 상태였다. 그런데 집안의 분위기가 아주 묘했다. 폴의 동생 웨슬리의 존재 때문이다. 웨슬리 역시 제시카를 사랑했는데 여자가 아프고 감금된 건 형인 폴 때문이라고 생각한 것이다. 그 와중에 베시는 폴을 사랑하게 되었고, 그를 위해 제시카의 의식을 찾아줄 방법을 알아본다. 그런 상황에서 가정부로부터 부두교 주술사에 대해 알게 된다. 제시카를 돕기 위해 부두교 주술사를 찾아가는 베시. 그 와중에 웨슬리는 참지 못하고 사고를 친다.

로맨스와 호러가 섞여 있는 듯한 느낌의 영화인데 두 개의 장르를 섞다 보니까 흔하게 나오는 실수인 이도 저도 아닌 것 같은 영화가 되었다. 그래도 사탕수수 밭을 거니는 모습과 눈이 툭 튀어나와서 기괴해 보이는 흑인의 모습은 영화의 후반부 분위기를 공포스럽게 만들어준다. 화이트 좀비만큼은 아니지만 이 영화에서도 서구인들이 보는 부두교와 아이티의 기괴하고 음산한 모습이 나온다. 세인트 세바

스찬이라는 가공의 장소가 나오지만 누가 봐도 아이티가 무대인 것을 알 수 있다. 여주인공 베시가 부두교에 관심을 가지는 장면이 나오지만 사랑하는 폴을 위해 일뿐이다.

그렇게 좀비는 헐리우드에 조용히 자리를 잡는다. 호러의 주인공이 되기에는 경쟁자가 너무 많았다. 벨라 루고시가 자주 연기하던 뱀파이어가 아직 버티고 있었고, 종종 늑대 인간과 프랑켄슈타인, 그리고 미라가 선점하는 상태였다.

그렇게 몇 십 년 간 잠들어 있던 좀비가 다시 눈을 뜬 건 1968년이었다. 좀비의 대부나 아버지라고 불리는 조지 로메로 감독의 〈살아 있는 시체들의 밤〉이 공개된 것이다.

미국 펜실베니아. 한적한 시골에 있는 묘지에 조니와 바바라 남매가 찾아온다. 돌아가신 아버지의 무덤을 방문한 것인데 정신이 나갔는지 괴상하게 걷던 남자가 바바라를 공격한다. 오빠인 조니가 도와주다가 남자에게 당하고, 그 와중에 바바라는 어느 한 농가로 도망친다. 농가에는 이상한 낌새를 채고 도망친 흑인 벤을 비롯해 톰과 주디 커플, 그리고 농가의 주인인 해리와 헬렌 부부가 지내고 있었다. 바깥은 원인 불명의 이유로 좀비가 된 마을 사람들이 돌아다니는 위험천만한 상황이라 어쩔 수없이 그들은 불편한 동거를 해야만 했다. 낯선 이들이 더 없이 불편한 해리와 헬렌 부부, 그리고 어떻게든 탈출하고 싶었던 톰과 주디 커플, 그리고 공포에 질린 바바라와 그나마 침착한 벤은 위기 앞에서 뭉치기는커녕 불협화음을 일으킨다. 그러면서 밖에서 쳐들어오는 좀비들에게 하나둘 씩 희생당한다. 여주인공 같던 바바라는 좀비가 된 오빠 조니에게 끌려 나가고 톰과 주디 커플은 차를 타고 탈출하려다가 폭발에 휘말려 사망한다. 집 주인이자 하나도 도움이 안 되었던 해리는 혼자만 살려고 하다가 분노한 벤에 의해 목숨을 잃는다. 아내인 헬렌 역시 지하실로 내려갔다가 좀비가 된 딸 캐런에게 물려서 사망하고 만다. 흑인 벤만 홀로 새벽이 될 때까지 살아남았지만 좀비들을 토벌하러 온 백인들의 오인사격으로 목숨을 잃는다. 그리고 시신은 좀비들과 함께 불에 태워진다.

그가 죽는 부분은 굉장히 의미심장하다. 어두운 집 안에 있긴 했지만 분명 손에 총을 들고 있었기 때문이다. 하지만 백인 토벌대는 그냥 개의치 않고 쏴버렸다. 좀비인 줄 알고 오인 사격을 했을 수도 있고, 흑인이라서 그냥 쏴버렸다고 생각할 수 있는 장면이다. 인종 차별이 아직 일상적이었던 1960년대 후반이라 더더욱 의미심장한 장면으로 남는다.

처음에 그 얘기를 들었을 때 너무 오바하는 거 아니냐는 생각이 들었지만 해당 장면을 반복해서 보게 되면서 생각이

약간 달라졌다. 물론 전체적으로 보여주는 게 아니라 총을 든 채 바깥을 내다보는 벤과 그를 겨냥하는 백인 토벌대를 번갈아 가면서 비춰준다. 따라서 백인 토벌대가 과연 벤을 좀비로 착각했는지 아니면 흑인인 걸 알고 그냥 쏴버렸는지는 알 수 없다. 시대에 따라 여러모로 다르게 해석할 수 있는 이런 장면들 때문에 〈살아 있는 시체들의 밤〉은 저예산 흑백 영화에 좀비들의 어설픈 연기인데도 엄청난 성공을 거뒀다. 그리고 좀비를 엑스트라에서 조연 정도 레벨로 끌어올렸다. 흥미로운 것은 이 영화에서 한 번도 좀비라는 단어가 나오지 않는다는 것이다.

훗날의 인터뷰에서 조지 로메로 감독은 이 영화에 등장하는 것을 구울이라고 생각했다고 털어놨다. 하지만 인도에서 온 구울은 잘 알려지지 않은 존재였고, 그나마 화이트 좀비나 〈나는 좀비와 함께 걸었다〉라는 영화로 익숙해진 좀비를 끌어다가 홍보에 이용했다. 당시 미국의 관객들은 두 팔을 앞으로 든 채 짐승 같은 소리를 내면서 걷는 괴물들이 구울인지 좀비인지 구분하지 못했다. 그렇게 어영부영 좀비가 되어버렸다. 사실 이 작품이 좀비 영화의 기념비적 작품은 맞지만 중간에 한 작품을 더 얘기해야만 한다.

바로 1954년 리처드 매드슨이 발표한 『나는 전설이다』라는 작품이다. 이 소설은 여러 차례 영화화되었는데 가장 최근에 발표된 것은 윌 스미스 주연의 2007년 작품이지만 가장 잘 알려진 건 역시 1971년 찰턴 헤스턴 주연의 〈오메가맨〉이다. 사실 이 작품에 등장하는 건 좀비가 아니라 뱀파이어에 가깝다. 그래서 주인공이 그들의 혈액에서 채취한 박테리아에는 뱀피리스라는 이름이 붙는다. 햇빛을 두려워해서 낮에는 밖을 다니지 못했고, 마늘과 십자가, 거울을 무서워했기 때문이다.

소설 속에서도 이들을 뱀파이어에 비유하는 대사가 직접적으로 나온다. 하지만 무리를 지어 다니고, 살아 있는 사람을 죽이지 못해 안달인 설정은 좀비와 비슷했다. 흥미로운 소재이기 때문에 1964년도에 첫 번째로 영화화된다. 하지만 애매모호한 설정 때문에 큰 인기를 끌지 못했지만, 〈살아 있는 시체들의 밤〉 각본을 쓴 존 루소에게 직접적인 영감을 주었다.

그리고 1971년에 찰턴 헤스턴 주연의 〈오메가맨〉으로 다시 리메이크된다. 아마 국내에는 이 작품이 가장 잘 알려졌을 것이다. 미국과 중국의 핵전쟁에 휘말리면서 바이러스가 퍼지고, 주인공인 리처드 네빌을 제외하고는 모두 변종 인류가 되어버린다. 영화에 등장하는 변종 인류는 빛을 무서워하지만, 말할 수 있기 때문에 좀 더 인간에 가깝게 묘사된다. 어린 시절 TV에서 이 영화를 봤을 때 가장 인상 깊었던 것은 주인공이 마지막에 죽을 때 모습이 꼭 십자가에 못 박힌 예수의 모습과 닮았다는 점이다.

반면 2007년의 작품 속에서는 좀 더 좀비에 가까워진다. 빛을 두려워한다는 설정은 그대로지만 동물을 잡아먹고, 인간에 대한 공격성이 높아지는 등 좀비의 특징도 일부 가지게 된다. 당연히 〈살아 있는 시체들의 밤〉의 영향을 받은 것이다. 역설적으로 원작 소설은 〈살아 있는 시체들의 밤〉에 영향을 끼친 것이다.

이후 좀비는 B급 호러 영화에 단골손님으로 등장한다. 나치가 좀비로 변하기도 하고, 죽다가 살아나서 자경단이 되기도 한다. 살아나서 다시 투표하기도 하고, 인간 여성과 연애도 한다. 채식주의자 좀비가 나오기도 하고, 갑자기 초능력을 쓰기도 한다. 이런 변형들은 좀비가 가지고 있는 특징을 고스란히 드러낸다. 뱀파이어는 무슨 짓을 해도 십자가 앞에서는 무릎을 꿇어야 하고, 늑대인간은 아무리 포스를 작렬해도 은탄환 앞에서는 깨갱 해야만 한다.

하지만 좀비는 머리를 공격당하면 쓰러진다는 것을 제외하고는 아무런 제한이 없다. 탄생지인 아이티의 좀비와도 거리가 멀고 영화를 위해 탄생한 것이나 다름없기 때문에 설정에 구멍이 많을 수밖에 없다. 물론 그런 점은 좀비를 가지고 다양한 상상력을 발휘할 수 있다는 영화적 장점으로 연결된다. 그리고 애초에 설정에 명확하지 않으니까 B급 호러 영화의 허술한 설정과 배경에도 적합했다.

그러면서도 사회적 이슈에 대해 다양한 방식으로 접근한다. 〈살아 있는 시체들의 밤〉에서는 벤이라는 흑인의 죽음을 통해 인종 차별 이슈를 드러냈다. 1971년에 발표된 〈오메가맨〉에서도 변종 인류가 된 흑인이 이제 피부색으로 우리를 구분할 수 없다고 말하는 장면이 나온다. 만약 뱀파이어나 늑대인간이 등장하는 영화에서는 도저히 그런 식의 얘기를 할 수 없다. 너무 오래되었고, 설정이 탄탄했기 때문이다.

최근 뱀파이어는 상류층, 늑대인간은 하류층으로 설정하는 영화가 종종 나오기는 하지만 그것 역시 캐릭터에 대한 변주일 뿐 실제 사회 문제를 직접적으로 건드리지는 못하고 있다.

현실 속의 좀비들

그렇다면 좀비는 실제로 존재할까? 좀비가 있다고 주장하는 사람들에게 힘을 실어줄 만한 사건이 미국 마이애미에서 벌어졌다. 보통 마이애미 좀비 사건이라고 부르는 이 사건은 2012년 5월 27일에 일어났다. 당시 911에 신고 전화가 하나 들어왔다. 고속도로 옆 진입로에서 벌거벗은 남자가 다른 남자의 얼굴을 물어뜯고 있다는 내용이었다. 접수받은 911 요원은 믿기지 않는다는 말투로 신고 내용을 반문했다. 신고자가 사실이라고 말하면서 죽을 수 도 있으니 빨리 와달라고 거듭 얘기한다.

잠시 후 경찰차가 도착하고 경찰이 다른 남자를 물어뜯던 벌거숭이 남자에게 권총을 겨누며 멈추라고 소리쳤다. 하지만 벌거벗은 남자는 멈추지 않았다. 결국 경찰이 사격했는데 놀랍게도 총알에 맞고도 멈추지 않았다. 결국 경찰이 연거푸 사격해서 사살하는 것으로 사건은 막을 내렸다. 하지만 이 사건은 커다란 파장을 일으킨다. 대낮에 벌거벗은 남자가 누군가를 공격했는데 흉기나 손발이 아닌 입으로 상대방의 얼굴을 물어뜯는 아주 엽기적인 사건이었기 때문이다. 온갖 사건 사고가 발생하는 미국에서도 유례를 찾아볼 수 없는 특이한 사건이었다. 죽은 남자는 루디 유진이라는 30대 아이티계 흑인 남성이었고, 피해자는 도널드 포프라는 이름의 노숙자였다. 두 사람은 사건이 벌어지기 전까지 만난 적이 없는 사이였다. 그러니까 우발적인 사건이라는 뜻이었는데 그렇다고 하기에는 설명할 수 없는 부분이 너무 많았다.

특히 이빨로 상대방의 얼굴을 물어뜯었다는 사실은 식인을 연상케 했으며, 영화나 드라마에서 본 좀비를 떠올리는 사람이 많았다. 피해자인 도널드 포프는 안면에 끔찍한 상처를 입었으며 두 눈을 모두 잃었다. 관련 사진들은 인터넷으로 찾아볼 수 있지만 항상 따라붙는 설명이 있다. 너무 잔혹하기 때문에 절대로 검색하지 말라는 것이다.

인간은 늘 하지 말라는 걸 하기 때문에 당연히 검색해서 찾아보지만 대부분은 후회한다. 사람 얼굴 같지 않은 끔찍한 모습이기 때문이다. 그나마 복원 수술을 몇 차례 받아 상태가 나아진 것이다. 마이애미 좀비 사건은 당연히 해외 토픽으로도 전해져 전 세계에 알려졌다. 어째서 루디 유진은 일면식도 없는 노숙자를 벌거벗은 채 이빨로 얼굴을 물어뜯는 일을 저질렀을까?

언론이 제기한 첫 번째 원인은 합성 마약이었다. 여러 가지 성분을 혼합해 제조한 합성 마약은 싼 값으로 큰 인기를 끌었다. 그중 배스 솔트라고 불리는 합성 마약은 같은 이름의 입욕제처럼 생겼다. 그런데 배스 솔트에 중독되면 온몸이 타들어가는 작열통을 심하게 느끼며, 타인에 대한 공격성을 드러낸다. 루디 유진이 벌거벗은 이유가 작열통 때문이라고 추측할 수 있는 상황이었다. 하지만 부검 결과 그의 몸에서는 마약 성분이 검출되지 않았다. 여자 친구와 가족들 역시 고인이 마리화나 정도만 복용할 뿐 마약하지는 않았다고 주장했다.

그 다음으로 제기된 것은 당시 고속도로 옆 해변에서 열린 힙합 페스티벌과 관련된 내용이었다. 페스티벌의 일환으로 좀비 워크가 열렸다. 좀비처럼 분장한 사람들이 어슬렁거리면서 걷는 것을 뜻한다. 루디 유진은 당일 날 아침, 새벽 같이 일어나서 여자 친구에게 잠깐 나갔다 오겠다고 하고는 이곳으로 왔다. 힙합 페스티벌을 구경하려고 했던 것 같은데 어찌된 영문인지 차가 견인당하고 말았다. 집에 있는 여자 친구에게 전화를 한 루디 유진은 차가 고장 났다고 둘러대고는 저녁 때 집에 돌아가겠다고 말했다. 그것이 여자 친구와의 마지막 통화였다. 몇 시간 후 그는 해변가의 둑길을 따라 걷다가 옷을 하나씩 벗었고, 고속도로 진입로에서 마주친 노숙자 도널드 포프를 만나서 공격했다. 노숙자였으니까 차나 돈이 없었기 때문에 금품을 노린 것은 아니었다. 거기다 뭔가를 빼앗기 위해서라면 지나치게 상대방을 공격했고, 시간을 끌었다. 거기다 옷까지 다 벗었으니 도망쳐봤자 금방 눈에 띌게 뻔했다.

거기다 피해자와 경찰은 루디 유진이 마치 짐승처럼 으르렁거렸다고 증언하면서 그가 정상적인 정신 상태가 아니었다는 것이 확인된다. 그렇다면 반나절의 짧은 시간 동안 무엇이 대체 루디 유진을 잔인하고 난폭하게 노숙자의 얼굴을 뜯어먹게 만들었을까?

일각에서는 그가 식인 기호증, 즉 카니발리즘에 빠진 것이 틀림없다고 말한다. 아주 극소수이지만, 식인을 통해 쾌락을 얻거나 자기 만족에 빠지는 사례가 있다.

가공의 창작물 속에서는 한니발 렉터 박사가 가장 유명하고, 실제 세상에서는 2017년에 러시아에서 체포된 드미트리 박셰예프 부부일 것이다. 약 18년 동안 30여 명의 사람들을 납치해 죽인 후 먹어치운 잔인한 짓을 저질렀던 부부다. 이들은 아주 사소한 실수로 체포되었는데 바로 드미트리 박셰예프가 길거리에 휴대폰을 떨어트린 것이 발단이 되었다. 휴대폰을 주운 사람이 주인을 찾아주기 위해 살펴보던 중에 깜짝 놀랄 만한 사진을 보게 되었다. 바로 드미트리 박셰예프가 사람의 팔을 물고 있는 모습이었다. 놀란 그는 경찰에 신고하고, 본격적인 조사에 착수한다. 휴대폰 주인인 드미트리 박셰예프는 얼마 후 체포되었고, 부인도 함께 범행을 저질렀다는 사실이 밝혀졌다.

하지만 루디 유진이 카니발리즘에 빠졌다는 증거는 없다. 그는 지극히 정상적 사회 생활을 했으며, 동거인과 가족들과도 문제없이 지냈다. 물론 상당수의 연쇄 살인마나 사이코 패스들은 겉으로는 멀쩡한 척했지만 어딘가에 단서를 남겼다. 하지만 루디 유진이 비밀리에 사람을 잡아다가 토막을 내서 먹어치운 흔적은 어디에서도 발견되지 않았다. 그리고 실제 범행을 저질렀다면 대낮에 벌거벗고 고속도로 옆에서 사람을 물어뜯는 짓을 하지는 않았을 것이다.

이것도 아니고 저것도 아닌 와중에 루디 유진이 걸어갔던 길에 성경책이 찢어진 채 발견되었다는 사실이 알려진다. 그리고 거기에 그가 아이티계라는 것에 착안한 일부 언론에서는 낯익지만 실존할 것이라고는 믿지 않았던 한 단어를 끄집어낸다. 바로 '좀비'였다. 남녀 백인 앵커가 그 얘기를 주고받으면서 '바로 그거야!'라는 표정을 지으며 테이블을 치는 영상을 본 적이 있다. 아이티나 부두교의 슬픈 역사를 안다면 그런 표정을 지을 수 없었을 것이라는 생각에 한숨을 쉰 적이 있다.

사실 대부분의 사람은 사건에 대해 얘기를 들었을 때 좀비를 떠올렸다. 거기다 좀비의 고향인 아이티 출신이나 더더욱 그랬을 것이다. 그래서 이번 사건의 명칭이 마이애미 좀비 사건이 되어버린 것이다. 루디 유진의 여자 친구와 유가족들은 이런 추측과 소문에 몹시 힘들어했다. 그들은 성명서를 발표해서 루디 유진이 독실한 기독교 신자이며, 카니발리즘이나 부두교에 빠져들지 않았다고 반박했다. 사실 루디 유진이 흑인이며 아이티계 출신이니 좀비와 연관이 있다고 추측한 것은 심각한 인종 차별이다.

만약 백인이고, 유럽 출신이라면 마이애미 좀비 사건이라고 불리지도 않았을 테니까 말이다. 다들 배스 솔트 같은 신종 마약을 투여하고 노숙자를 공격한 것으로 추측했다. 하지만 부검 결과 약물은 검출되지 않았다. 따라서 약물로 인한 사건으로는 볼 수 없게 되었다. 일부에서는 그가 아이티 혈통이라는 이유로 좀비와 연관됐다고 추정하기도 했다. 그야말로 억지로 갖다 붙인 셈이다. 하지만 이런 풀리지 않는 미스터리는 오히려 사람들에게 공포감과 호기심을 불러일으키게 했다. 사람들의 추측대로 배스 솔트 같은 마약에 중독되어서 상대방을 공격했다고 해도 좀비와는 거리가 멀다. 하지만 이빨로 상대방을 공격했다는 점이 부각되면서 좀비라는 타이틀이 붙어버리고 말았다. 마치 헐리우드 영화에서 좀비를 기괴한 괴물이나 주인공의 앞을 가로막는 악당으로 묘사한 것과 비슷한 것이다.

〈화이트 좀비〉와 〈나는 좀비와 함께 걸었다〉는 서구 문명이 보여주는 아이티와 부두교에 대한 몰이해와 혐오감을 드러내고 있다. 1960년대 후반에 좀비가 본격적으로 사람들에게 소개되었을 때에도 종종 인종 차별의 키워드나 상징으로 받아들여졌다. 당시 미국 사회는 흑인에 대한 차별이 완전히 사라진 시대가 아니었기 때문이다. 흑인에 대한 린치나 노골적 차별이 일상적이었다. 따라서 이런 문제를 영화에 투영된 것이다. 이후에도 좀비 영화에는 그 시대가 가지고 있는 불안감과 두려움이 묻어나왔다.

우연인지 아니면 다른 이유가 있어서인지 마이애미 좀비 사건 이후 유사한 사건들이 계속 벌어졌다. 심지어 우리나라에서 비슷한 사건이 벌어진 적이 있다. 바로 2017년 10월 10일 새벽에 벌어진 서울 좀비 사건이다.

깊은 새벽, 서울의 한 주택가에서 현관문의 유리창이 깨지는 소리가 들렸다. 놀란 집주인이 거실로 나왔다가 깜짝 놀라고 만다. 낯선 침입자가 머리에 피를 흘린 채 자신을 노려보고 있었기 때문이다. 침입자는 머리로 현관문 유리창을 깼다. 그래서 얼굴이 온통 피투성이가 된 것이다. 그리고 상상하지 못한 광경에 놀란 집주인에게 덤벼들어서 이빨로 목덜미와 온몸을 깨물었다. 심지어 뜯어말리던 가족들까지 공격했다. 신고받고 출동한 경찰 역시 침입자를 제압하는 데 애를 먹었다고 한다. 체포된 침입자는 한국 사람이 아니었다. 관광을 온 베트남 남성이었다. 체포된 베트남 남성은 머물던 호텔에서 나와서 인근에 있던 집에 침입한 것이다. 당연히 집주인과 베트남 남성은 아무런 일면식이 없었고, 연관성도 찾아내지 못했다. 침입자였던 베트남 남성은 몇 년 동안 조현증을 앓았고, 그 이유 때문에 정신과 치료를 받았다고 같이 관광을 온 어머니가 밝혔다. 아울러 과거에 필로폰을 복용했다는 사실도 알려졌다.

하지만 체포 후 실시된 혈액 검사에서는 마약 성분이 검출되지는 않았다. 이 사건은 마이애미 좀비 사건과 여러모로 닮았다. 일면식도 없는 상대방을 공격했다는 점, 손이나 발혹은 도구가 아니라 이빨을 무기로 삼았다는 점에서 말이다. 이전에는 없었던 이 특이한 현상 때문에 사람들은 자연스럽게 좀비를 떠올렸다. 살아 있는 사람들을 공격해 물어뜯거나 먹어치우는 존재 말이다.

사실 미국에서는 마이애미 좀비 사건 이후 유사한 사건들이 몇 번 더 발생했다. 그러면서 자연스럽게 좀비 마약이라고도 불리는 합성 마약 때문이 아닌가 하는 우려가 나왔다. 중독자에게만 나오는 현상이라고 해도 너무나 잔혹하고, 큰 피해를 줬기 때문이다.

또한 이런 공격성을 드러낸 것은 사람의 감정을 좌우하는 전두엽에 문제를 일으켰다는 추측이 제기되었다. 이 전두엽이 파괴되거나 훼손되면 사람은 감정 조절을 못하거나 아예 감정을 잃어버린다. 그래서 예전에는 정신 질환자를 치료한다는 명목으로 눈썹 위쪽을 송곳으로 찔러서 전두엽을 훼손하는 수술을 하기도 했다. 효과가 있다고 했지만 그건 감정을 파괴한 것에 불과했다. 따라서 수술은 1960년 대 이후 금지되었다.

그런데 최근 등장한 합성 마약들의 알 수 없는 성분이 전두엽의 신경계를 파괴하거나 손상해 감정을 없애버리고, 오직 공격성만 남겨놓게 된다면 그게 바로 좀비로 가는 첫 번째 걸음이 되는 것이다. 거기다 광견병처럼 전염이 된다면 우리가 영화나 드라마에서나 볼 법한 좀비 아포칼립스가 벌어지는 것이다. 어쩌면 우리는 멸망에 한 걸음씩 다가가고 있는지도 모르겠다.

좀비가 나타나면 왜 세상은 멸망하는가?

아포칼립스^{Apocalypse}는 신약 성경의 마지막권인 요한 묵시록의 영어 명칭이다. 정확하게는 그리스어 아포칼립시스 ἀπōκάλυψις를 그대로 영어화한 단어에 가깝다. 아포칼립시스란 덮개를 걷어낸다는 뜻으로 하느님이 인류의 종말을 보여주었다는 뜻으로 해석된다. 그래서 종종 미래를 예측하는 근거로 사용되기도 한다. 그리고 기독교를 잘 모르는 사람들은 아포칼립스를 대규모 재난 때문에 인류가 멸망하는 것을 의미한다. 정확하게는 인류가 일궈 놓은 문명이 사라지는 걸 의미한다. 수천 년 동안 차곡차곡 쌓아온 문명이 멸망할 정도라면 엄청나게 큰 사건이 벌어졌다는 것을 뜻하는데 냉전 시기에는 핵전쟁이 인류 문명을 끝장낼 것이라는 예측이 많았다.

그래서 그 시기에 창작된 『나는 전설이다』와 그걸 원작으로 한 〈오메가맨〉 같은 경우에는 핵전쟁으로 비극이 시작된 것으로 나온다. 냉전이 끝난 이후에는 대규모 자연 재해나 외계인의 침략이 인류 문명을 끝낼 것으로 추측했다. 그리고 21세기에 접어들어서는 우리가 알 수 없었던 전염병이나 첨단 문명이 우리를 끝장 낼 것이라는 두려움이 좀비를 소환했다.

아마 코로나19 바이러스는 그런 불안감을 증폭하는 데 한 몫했다. 인류는 항상 수많은 위기를 겪었다. 흑사병 같은 치명적인 전염병부터 세계대전이라고 불리는 수천만 명이 희생된 전쟁, 그리고 버튼 하나만 누르면 인류를 끝장 낼 수 있던 핵무기가 아직도 존재하고 있다. 가난한 자의 핵무기라고 불리는 생화학 무기 역시 인간을 위협하고 있다.

오히려 냉전이 끝나고 핵무기와 화학무기에 대한 통제가 느슨해지면서 테러 조직의 손에 넘어갈 위협도 존재한다. 거기에 기후 악화로 인한 대규모 재난이 벌어질 것이라는 우려도 추가되고 있다. 역설적으로 기술의 발달로 예전에는 상상할 수도 없는 개인과 작은 조직의 테러로 인류 문명이 무너질 것이라는 추측도 나오고 있다.

2016년에 발표된 유비소프트사의 게임 〈디비전〉에서는 그린 플루라는 신종 전염병이 등장한다. 사람들이 사용하는 달러 지폐에 고의로 전염성 강한 병균을 묻혀 블랙 프라이데이 때 유통한 것이다. 수백 억 달러가 사람들 손을 오가면서 병균은 삽시간에 퍼지고 말았다.

그러면서 게임의 무대가 된 뉴욕은 삽시간에 큰 혼란이 찾아오고, 판데믹이 일어난 것이다. 모든 권력이 무너지고 공권력도 증발해버린 뉴욕은 살육과 약탈의 현장이 일상화된 무법지대로 변하고 말았다. 이런 상황을 아포칼립스라고 부른다. 인류가 문명을 이룩한 것은 도시를 건설했기 때문이다.

그리고 도시를 유지하는 것은 법률, 정확하게는 그 법률을 집행하는 공권력이다. 물건을 훔치고 사람을 때리면 경찰이 나타나서 체포된다. 경찰 조사를 받고 법정에 서서 재판을 받은 다음에 죄의 경중에 따라 감옥에 가거나 벌금형을 받는다. 그 과정에서 겪는 심리적 육체적인 고통은 어마어마하다.

아울러 범죄를 저질렀다는 주변 사람들의 따가운 눈빛은 물론 취직을 비롯한 각종 사회 생활에 막대한 지장을 초래한다. 따라서 많은 사람은 속내는 어떻든 공권력에 복종하고 사회 규범을 잘 지키려고 노력한다. 종종 범죄를 저지르는 사람들이 있긴 하지만 어쨌든 법을 지키는 게 자신에게 더 유리하다면 대부분은 잠자코 공권력에 복종한다. 그런데 여러 가지 이유로 공권력이 무너진다면? 그리고 미국처럼 인종 갈등이 심하거나 종교적으로 갈등 요인이 존재한다면 무정부 상태가 되는 건 순식간이다.

그래서 폭동이 일어나면 사람들이 상점부터 약탈하는 것이다. 돈을 주지 않고도 살 수 있고, 처벌받지 않을 수 있기 때문이다. 이런 식으로 공권력이 무너지면 도시는 존재할 수 없게 된다. 바로 옆 사람을 믿을 수 없는 상황이라 외딴 곳이나 안전한 곳에서 믿을 수 있는 소수의 사람들과 지내야만 하기 때문이다. 도시가 사라지면 인류 문명 역시 사라지게 된다. 그렇게 되면 아마 한 세대 정도 후에는 인류의 숫자는 엄청나게 줄어들게 될 것이다. 우리가 농담처럼 얘기하던 지구에서 인류가 사라지게 될 가능성이 높아진 상황이 처하게 된 것이다.

특히 좀비가 등장하게 되면 상황은 굉장히 복잡해지게 된다. 전쟁이나 재난, 전염병, 심지어 외계인의 침략까지도 시간이 지나면 복구가 된다. 재난 영화의 클리셰처럼 폐허가 된 도시에 사람들이 하나둘 씩 나타나서 환한 태양을 바라보면서 말이다. 하지만 좀비가 나타나면 그런 희망 찬 결말은 불가능하다. 계속 돌아다니면서 공격하기 때문에 인간들이 정착해 도시를 만드는 게 불가능하기 때문이다.

좀비가 등장하는 영화나 드라마를 보면 인간들은 계속 떠돌면서 안전한 곳을 찾는다. 어렵사리 안전한 곳을 찾아도 좀비들이 쳐들어오면 기껏 일궈 놓은 것들을 버리고 도망쳐야만 한다. 〈워킹 데드〉에서도 그런 상황이 잘 나온다. 마을을 잘 만들어놨는데 자기들끼리 혹은 외부의 침입자들이 나타나면서 쑥대밭이 되었고, 자연스럽게 좀비가 나타나면서 다른 곳으로 이동하는 패턴이 반복된다. 역사 상 정복자로 자주 등장한 건 유목민들이었다. 말을 타고 바람처럼 나타나서 번개처럼 공격했다가 사라지는 패턴으로 정주민들을 약탈하고 파괴하고 정복했다. 하지만 유목민 정복자들은 말에서 내려온 순간 멸망의 길을 걷게 된다. 속도가 사라진 유목민들은 정주민들의 숫자, 특히 시스템에 압도당하기 때문이다.

정착해 도시를 만든다는 것은 각종 문명을 일궈낼 수 있다는 걸 의미한다. 시간이 흐르면서 정주민들이 만들어낸 화약 무기들은 유목민들의 속도를 이겨냈다. 결국 문명이 승리한 것이다.

하지만 좀비에게서는 승리할 수 없다. 숫자도 워낙 많고, 두려움이 없기 때문이다. 거기에 예측이 불가능하기 때문에 전략, 전술을 짜서 물리치는 것도 불가능하다. 설사 승리한다고 해도 이번 웨이브를 막았을 뿐 더 많은 좀비가 기다리고 있다. 그래서 영화나 소설에서는 핵무기나 생화학 무기를 사용하지만 좀비에게 먹힌다는 보장이 없다. 오직 눈에 띄지 않게 조용히 사는 수밖에는 없다. 결국 도시를 만들 수 없다는 걸 의미한다.

물론 아주 높다란 벽을 쌓고 감시탑과 방어 장치를 이용해서 막을 수는 있다. 하지만 그러기 위해서는 막대한 비용과 인원이 소모되고, 아주 작은 실수로 장벽이 뚫릴 정도면 어마어마한 피해가 발생한다. 거기다 좀비들은 이성이 없기 때문에 손해를 본다고 퇴각하거나 두려워하지 않는다. 따라서 좀비가 돌아다니는 상황에서 도시를 만드는 건 불가능한 일이다. 결국 문명이 사라지는 것이다. 주인공이 아무리 뛰어난 능력을 가지고 있어도 좀비를 이기는 건 불가능하다. 따라서 좀비가 등장하는 장르에서 주인공의 현실적 목표는 자신과 가까운 사람들의 생존이 고작이다.

그래서 좀비가 나타나면 세상이 멸망할 수밖에 없다. 다른 악당들처럼 물리치거나 굴복할 수 없기 때문이다. 천재적인 전략, 전술도 소용이 없다. 상대방이 두려움을 느끼거나 이성적으로 생각하지 않기 때문이다. 문명이 붕괴될지 모른다는 두려움을 가지고 있는 한 좀비는 계속 우리 곁을 유령처럼 배회할 것이다.

무엇이 우리를 좀비로 만들까?

바이러스와 기생충, 광견병. 인간이 좀비로 변하게 되는 요인들을 생각해봤을 때 떠오른 단어들이다. 21세기 들어 지구상에 창궐하는 각종 전염병의 원인이 되는 바이러스는 좀비와 가장 쉽게 연상되는 존재다. 좀비의 가장 큰 특징이 상대방을 물어 똑같은 좀비로 만든다는 점이다. 이 점이 가장 납득되지 않고 이해가 가지 않는다는 이야기가 많이 나온다. 하지만 코로나19 바이러스처럼 공기 중에 비말로 전파가 된다는 사실이 확인되면서 다시금 바이러스가 각광 아닌 각광을 받고 있다.

최근 좀비가 등장하는 콘텐츠가 현실성을 띠게 된 것은 바로 바이러스 때문이다. 예전에는 좀비가 되는 이유들이 상당히 황당무계했다. 부두교의 이상한 주술부터 알 수 없는 약물, 심지어 외계인의 조종까지 등장했다. 그것조차 귀찮은 경우는 그냥 어느 날 갑자기 나타났다는 것으로 퉁쳤다.

하지만 최근에는 나름대로 과학적 설정들을 쓰면서 그나

마 현실성을 띄었다. 〈워킹 데드〉의 경우 살아 있는 모든 사람은 이미 좀비며, 죽은 후에 다시 좀비로 부활한다는 나름 신박한 설정으로 눈길을 끌었다. 최초로 뛰는 좀비를 선보였던 영화 〈28일 후〉에서는 분노 바이러스가 등장한다. 감염된 혈액이 한 방울만 몸 안에 들어가도 감염된다. 거기다 이전의 설정과는 달리 죽었다 살아나는 것이 아니라 그냥 감염자로 묘사되어 현실성을 높였다. 비감염자를 찾아 공격한다는 설정이 좀비들이 인간들을 공격하는 것과 비슷하게 보인다.

이런 식으로 바이러스에 감염된 사람이 타인을 공격해 감염을 확산한다는 설정은 최근 여러 가지 전염병의 창궐 때문에 설득력이 높아진 상태다. 거기다 우리는 이미 다른 존재를 공격하게 만드는 전염병의 존재를 알고 있다. 바로 광견병이다. 인수공통 바이러스성 전염병으로 인간의 뇌에 염증을 일으키는 바이러스성 질병이다.

보통 개에게 물리면 전염된다고 믿지만 사실은 박쥐를 비롯해 너구리나 늑대, 여우 같은 포유류들이 매개체 역할을 한다. 주로 감염된 개체의 타액을 통해 전파된다. 그래서 물리게 되면 전염될 수 있는데 이게 좀비들이 인간을 입으로 물어서 전염하는 것과 놀랍도록 유사하다. 거기다 광견병에 걸리면 발작을 일으키거나 마비 증상이 오기도 하지만 상당수의 환자들은 공격적인 모습을 보이면서 상대방을 물려고 든다. 광견병에 걸린 동물이 다른 동물이나 심지어 자기 자신을 물어뜯는 경우도 발생한다.

사실 마이애미나 서울 좀비 사건의 가해자들이 광견병에 걸렸을지 모른다고 살짝 의심하고 있다. 도시화가 많이 진행되었고, 야생동물이 상대적으로 적은 우리나라에서는 가능성이 적은 일이다. 하지만 땅이 넓은 미국이나 열대 지방인 베트남은 상대적으로 인간이 동물과 접촉하기 쉽다. 더군다나 광견병은 며칠부터 몇십 년까지 발병 주기가 다르다. 물론 부검했을 때 발견되었다면 언급이 되었을 텐데 그렇지 않았다는 점이 이런 가설에 힘을 빼기는 한다.

현재로서는 바이러스가 좀비로 가는 현실적 매개체임은 부인할 수 없다. 현실적이고, 설득력이 있기 때문이다. 하지만 사람이 좀비로 변하게 될 때 가장 중요한 점은 두뇌, 그중에서도 전두엽이다. 인간을 인간답게 만드는 감정과 사고를 하게 만드는 전두엽이 어떠한 이유에서건 정상적 역할을 하지 못하고 타인에 대한 공격성과 강력한 전염성을 가지게 만드는 게 좀비로 가는 첫 번째 길이기 때문이다.

분노 바이러스 같은 가상의 바이러스를 제외하고는 현실적으로 광견병이 좀비로 가는 가장 현실적인 바이러스다. 하지만 광견병에 걸린 동물과 접촉해야 하고, 발병 주기가 며칠에서 몇십 년이라는 점은 급속한 전파를 가로막는 장애물이다.

하지만 만약 다른 바이러스가 결합된다면 어떻게 될까? 예전에는 아예 불가능한 일이라고 못 박겠지만 지금은 완전 불가능한 일은 아닐 수도 있는 단계까지는 진행되었다.

광견병의 느린 발병 주기를 빠르게 하고, 감염된 사람이 타인을 공격하게 만드는 단계까지 간다면 우리는 현실 속의 좀비와 마주치게 될 것이다.

그리고 다른 하나는 기생충이다. 봉준호 감독의 영화 말고 진짜 기생충 말이다. 예전에 기괴한 다큐멘터리를 본 기억이 있었다. 개미들을 관찰하는 내용이었는데 놀랍게도 좀비 개미가 등장한다. 파리 중에서도 유독 몸집이 작은 벼룩파리가 먹이를 찾느라 정신이 팔린 일본 왕개미에게 접근하는 것이 시작이다.

개미는 꽁무니에 난 작은 털로 벼룩파리의 접근을 알아차리고 이리저리 피한다. 그러다가 개미의 뒷발에 걷어차이기도 한다. 하지만 모두 성공적으로 피할 수 있는 건 아니었다. 벼룩파리가 목표물을 늙은 개미로 바꿨기 때문이다. 상대적으로 느린 늙은 개미에게 몇 차례의 시도 끝에 결국 산란관을 꽂고 알을 낳는데 성공한다.

몸 속에 벼룩파리의 알이 들어간 늙은 개미는 며칠 후부터 급격한 변화를 겪는다. 일단 머리가 축 쳐져서 땅에 질질 끌린다. 마치 술에 취한 것처럼 비틀거린다. 몸속에서 부화된 벼룩파리의 유충들에게 점령당했기 때문이다. 내장을 모두 파 먹힌 일본 왕개미는 급기야 머리가 떨어져 나간다.

목이 떨어져 나간 이유는 몸속에 있던 벼룩파리의 유충들이 밖으로 나갈 수 있도록 탈출구를 만들기 위해서였다. 끔찍한 것은 머리가 떨어져 나간 일본 왕개미가 그러고도 몇 시간 동안 더 활동한다는 것이다.

이쯤이면 스스로 생각하고 움직이는 건 불가능하고, 몸속을 점령한 벼룩파리 유충들의 의지대로 움직일 것이다.

미국에서는 좀 더 끔찍한 좀비 매미가 발견되기도 했다. 주로 매미를 노리는 매소스포라균 때문이다. 이 균에 감염된 수컷 매미들은 생식기와 아랫배 부분이 사라진다. 그리고 그 자리를 매소스포라균이 차지한다.

원래대로라면 죽어야 하지만 매소스포라균을 퍼트리기 위

해 살아 있어야만 했다. 균에 감염된 수컷 매미들은 암컷인
척 날개짓하면서 다른 수컷들을 유인한다. 그리고 짝짓기
를 하는 척하면서 다른 수컷에게 매소스포라균을 퍼트린
다. 매소스포라균에 있는 환각 성분이 아랫배와 생식기를
잃은 매미를 죽지 않고 살아 있게 만든 것이다.

다행스럽게도 이 매소스포라균은 인간에게 위험하지 않다
는 판정이 내려졌다. 하지만 그것은 '현재' 시점일뿐이다.
언제 무슨 일이 벌어져서 인간에게 해롭게 될지도 모른다.
이렇게 자연계에서는 좀비라는 명칭이 아깝지 않을 정도의
일들이 벌어진다.

개인적으로는 바이러스보다는 기생충 같은 것이 인간에게
더 위험할지 모른다는 생각을 해본다. 바이러스는 어쨌든
복잡한 변이 과정을 통해 좀비 바이러스로 변할 테지만 매
소스포라균이나 벼룩파리의 유충은 현재 존재하기 때문이
다. 인간과 자연을 가로막는 아주 얇은 경계가 사라지면 인
간이 타깃이 될 수도 있다.

사실 인간에게 한 발자국 더 가까이 다가온 존재도 있다.
바로 '톡소포자충'이다. 톡소플라즈마라고도 불리는 이것
의 정체는 바로 기생충이다. 우리를 집사로 만들어버리는
고양이에게 기생한다. 주로 고양이의 대변을 통해 배출된

다. 그걸 섭취하거나 접촉한 동물들에게 옮겨간다.

그러면 체내에서 부화해서 자라난다. 그리고 고양이가 다시 톡소포자충에 감염된 동물을 먹게 되면서 옮겨가게 된다. 고양이의 몸에서만 자랄 수 있기 때문에 이런 방식을 택한 것이다. 주로 쥐가 중간 매개체 역할을 하는데 이때 톡소포자충에 감염된 쥐의 행동은 아주 공격적이 된다.

원래 쥐는 고양이의 냄새나 기척만 느껴도 도망친다. 하지만 톡소포자충에 감염된 쥐는 오히려 고양이를 찾아 나선다. 한마디로 겁이 없어진 것인데 그 결과는 고양이의 먹이가 되는 것이다. 그런 과정을 통해 자연스럽게 고양이의 체내로 이주하는 것이다. 한마디로 자신의 생존을 위해 숙주를 조종해 희생하는 것이다. 그럴 수 있었던 이유가 톡소포자충이 뇌와 눈에 자리 잡기 때문이다.

앞서 살펴본 좀비 개미를 만드는 벼룩파리의 유충이나 좀비 매미를 만드는 매소스포라균과 유사하다. 문제는 톡소포자충이 앞선 두 존재보다 인간에게 더 가까이 있다는 것이다. 바로 고양이라는 존재 때문이다.

다행스럽게도 사람들이 기르는 고양이에게는 톡소포자충이 거의 발견되지 않는다. 주로 야생 고양이들에게 발견되는데 사료를 먹느냐, 야생에서 먹잇감을 찾느냐의 차이점 때문으로 보인다. 거기다 집에서 기르는 고양이는 대개 예방접종을 받는다는 점도 톡소포자충을 걸러내는 역할을 해준 것으로 보인다.

한 가지 더 안심이 되는 얘기를 전하자면 인간에게 감염되어도 감기 증상 정도만 보이고 끝난다는 점이다. 설사 문제가 된다고 해도 우리나라보다 고양이를 더 많이 기르고, 야생동물을 더 많이 잡아먹는 서구나 미국에서 먼저 일어날 가능성이 높다. 거기다 톡소포자충이 인간에게 나쁜 영향을 미친다는 구체적 연구 결과도 나온 적이 없다. 임산부의 유산을 초래한다는 주장이 있긴 하지만 명확하게 밝혀진 것은 아니다.

하지만 체코의 한 과학자는 자신이 톡소포자충에 감염되었다고 주장한다. 그 결과 굉장히 공격적이고, 겁이 없어졌다고 말했다. 처음에는 비웃음의 대상이 되었는데 시간이 지나고 톡소포자충에 대한 연구가 진전되면서 전혀 가능성이 없다는 비웃음은 사라졌다. 확실히 톡소포자충에 감염되면 조현병이나 우울증이 생길 확률이 높아진다.

그밖에 암이나 다른 질병을 앓고 있어 면역력이 떨어질 경우에는 뇌염이나 폐렴 같은 질병의 원인이 되기도 한다.

최근 연구 결과는 조현병 같은 질병의 발병 원인이긴 하지만 톡소포자충만은 아니고 다른 여러 가지 변이 현상과 더해져야 한다는 사실을 밝혀냈다.

따라서 현재로서는 톡소포자충이 인간에게 치명적인 발병 원인이 되지는 않는다고 얘기할 수 있다. 하지만 변이 현상이라는 장벽이 사라지면 인간은 톡소포자충에 감염되어서 숙주처럼 조종될 수도 있다. 특히 공격적이고 겁이 없어진다는 증상은 인간끼리의 폭력 현상을 일으키고, 사소한 상처로 물러서지 않을 수도 있다는 것을 의미한다. 이 부분은 우리가 아는 좀비나 〈28일 후〉에 나오는 분노 바이러스와 유사하다.

지금까지 우리를 좀비로 만들 수 있는 여러 가지 후보에 대해 알아봤다. 사실 좀비의 존재를 믿느냐는 물음에 항상 '현재는 존재하지 않지만 앞으로 나타나지 말라는 법은 없다.'라고 대답한다.

앞서 언급한 존재들은 앞으로 나타나지 말라는 법이 없다는 것의 후보들이다. 물론 톡소포자충이나 매소스포라균이 인간에게 해로웠다면 진즉에 문제가 나타났을 것이다. 하지만 두 가지 균이 문제가 없다고 앞으로 나타날 새로운 바이러스가 아무 문제없다는 의미는 아니다. 코로나19 바이러스처럼 인간들이 늘어나고 자연과의 접점이 빈번해진다면 존재하지 않았던 새로운 바이러스가 등장하고, 그것이 좀비의 탄생과 연결될 수 있기 때문이다.

좀비의 이웃사촌

우리나라에도 죽음에서 부활한 존재들이 있다. 용재총화에 나오는 사연으로 정확하게는 죽은 부인이 빈소에서 울다가 남편이 부르는 소리에 놀라 도망쳤다는 내용이다.

고려 후기 한종유라는 인물의 장난이었는데 중요한 건 장난이 먹힐 만큼 죽다가 살아난 존재들이 있다는 것이다. 그리고 그 존재에 대해 두려움을 가졌기 때문에 죽은 남편이 자신이 여기 있다고 말하자 울던 부인이 도망친 것이다. 보통은 '내가 여기 있다.'라는 뜻의 재차의라고 부르지만 실제로는 검은 손을 가졌다는 뜻의 '흑수'라고 부르는 게 맞는 것 같다.

어쨌든 부인이 도망친 이유는 실제로 죽은 남편이 자신을 불렀다는 두려움 혹은 그런 사실을 누군가에게 들었거나 접한 적이 있기 때문이다. 괴담의 왕국 일본에서도 죽은 부인이 방탕하게 살아가는 남편을 저승으로 끌고 간다는 이야기가 남아 있다. 그러니까 우리나라와 일본에서는 죽은 존재가 부활해 산 사람을 부르거나 끌고 간다는 설화나 괴담이 전해졌다.

중국은 죽은 자에 대한 좀 더 광범위한 이야기가 남아 있다. 바로 두 발로 콩콩 뛰는 강시殭屍가 있기 때문이다. 우리에게는 80년대 큰 인기를 끌었던 홍콩 영화의 한 장르로서 청나라 관복 차림의 강시가 콩콩 뛰면서 공격하면 영환도사가 부적을 이용해 물리치는 내용이다. 영어로 차이니즈 좀비Chinese Zombie라고 불릴 정도로 좀비와의 유사한 존재로 알려졌지만 사실 출발점은 살짝 다르다.

동양에서는 죽은 시신은 반드시 고향에 묻어야 한다는 공감대가 형성되어 있다. 최근에는 화장이 많아졌지만 한 세대 전만 해도 보통 고향에 운구해 묻혔다. 6월 6일이 현충일이 된 이유는 절기상 망종이기 때문이다. 망종은 모내기를 하고, 보리를 수확하는 시기로 만물의 소생과 수확을 의미한다. 죽음을 기리기에 가장 적당한 시기며, 고려 때 현종의 명령으로 거란과의 전쟁에서 전사한 병사들의 유골을 집으로 돌려보내던 때이기도 하다.

중국 역시 비슷한 생각을 가졌기 때문에 타지에서 죽은 사람은 되도록 고향으로 돌려보내서 장례를 치르게 했다. 특히 명나라를 멸망시키고 중원을 차지한 청나라는 티베트와 준가르부족과의 전투를 치르기 위해 멀리 원정을 떠나야만 했다.

문제는 우리보다 몇십 배는 큰 땅덩어리였다. 전쟁터에서 전사한 병사를 관에 넣어 운반하기에는 너무 넓었기 때문에 기상천외한 방법을 썼다. 긴 대나무 두 개를 시신의 양쪽 겨드랑이에 끼우고, 팔을 묶어 고정한 다음에 사람이 앞뒤로 대나무를 들고 운구했다는 것이다.

우리가 아는 강시가 무릎을 굽히지 못하고 손을 앞으로 한 채 콩콩 뛰는 건 바로 이런 운반 방식과 더불어 시신의 사후 강직 현상 때문인 것으로 추정된다.

물론 이런 식으로 시신을 운반한다고 해도 어차피 두 사람이 필요하고, 시신 부패와 세균 감염 문제 때문에 현실적으로 사실이 아니라는 반발도 존재한다.

어쨌든 강시는 제대로 매장해야 한다는 풍습과 그것이 지켜지지 않을 때 강시가 살아서 사람을 공격한다는 두려움이 만나면서 우리가 아는 강시가 탄생했다.

상상 속의 존재였던 강시에게 생명력을 불어넣은 것은 홍콩 영화계였다. 1985년, 홍금보가 제작하고 유관위가 감독한 〈강시선생〉이 대성공을 거둔다. 이후 강시가 등장하는 작품이 우후죽순 쏟아졌다. 유명한 배우가 등장하지 않아도 되었기 때문에 적은 제작비로 만들 수 있다는 장점 때문이었다. 수십 편의 영화에 등장하면서 강시는 모두에게 친숙한 존재가 되었다.

당시 홍콩 영화계는 아시아에서 큰 인기를 끌었다. 하지만 90년대 접어들고, 홍콩 영화계가 침체되면서 강시 열풍은 사라진다. 하지만 청나라 관복을 입고 두 발로 콩콩 뛰어다니면서 사람들을 공격하는 강시에 대한 기억은 그대로 남게 되었다.

흥미로운 점은 강시에게 물려 피를 빨리게 되면 똑같이 변한다는 점이다. 물린다는 것은 뱀파이어와 비슷한 설정이다. 아울러 낮에는 활동하지 않고 밤에 주로 돌아다니는 점 역시 뱀파이어와 유사하다.

하지만 뱀파이어는 물린다고 모두 뱀파이어로 변하는 것은 아니라는 점을 감안하면 좀비와 가까운 설정이다. 강시가 가진 원래의 특징인지 아니면 조지 로메로 감독의 〈살아 있는 시체들의 밤〉에서 나온 설정을 차용했는지는 알 수 없다. 하지만 죽음에서 부활해 살아 있는 사람들을 공격한다는 점은 좀비와 유사하다. 거기다 물어서 전염시킨다는 점 역시 좀비와 비슷하다고 할 수 있다.

물론 강시만의 특징은 따로 있는데 바로 부적이다. 노란 종이에 붉은색 글씨나 그림이 적힌 부적을 이마에 붙이면 방금 전까지 길길이 날뛰던 강시도 꼼짝 않고 굳어진다. 강시가 등장하는 영화에서는 바로 부적을 가지고 강시와 싸우거나 이용한다. 아울러 강시와 맞서 싸우는 도사가 등장하는데 복장이나 무기들은 도교적 영향을 강하게 받은 것으로 보인다.

좀비가 데뷔하기 이전 가장 잘 알려진 〈살아 있는 시체〉는 바로 구울이었다. 조지 로메로 감독이 살아 있는 시체들의 밤에 나오는 존재를 구울로 생각했다는 얘기가 전해진다. 하지만 관객과 평론가가 좀비라고 부르면서 그대로 굳어졌다고 한다.

구울은 아랍과 이슬람권에서 등장하는 요괴로 혼자로는 아무것도 못하는 좀비와는 달리 일당백의 요괴다. 하늘을 나는 것은 물론이고, 각종 주술을 부린다. 아울러 변신술까지 쓰면서 사람을 괴롭힌다. 좀비가 사람을 물어뜯는다면 구울은 아예 무덤을 파헤쳐 시체를 먹어 치운다.

중국의 강시와 우리나라의 재차의가 사람들에게 공포의

대상이었다면, 아랍인에게는 구울은 절대 마주쳐서는 안 될 두려운 존재였다.

강시에게 부적을 써야 한다면, 구울은 시미터라는 굽어진 칼로 배를 갈라야만 제압할 수 있다. 이때 구울이 한 번 더 갈라달라고 말하는데 시키는 대로 하면 배가 붙어버리면서 다시 살아난다.

이런 구울이 유럽에 전해진 것은 18세기 후반으로 알려졌다. 유럽 세력이 아랍과 이슬람권과 접촉하면서 알게 된 것이다. 유럽에도 온갖 종류의 요괴가 있지만, 시체를 먹어 치우는 구울은 깊은 인상을 남긴 것 같다.

그러면서 자연스럽게 무덤을 파헤치는 도굴꾼들을 구울이라고 불렀다. 특히 이 시기에는 해부에 필요한 시신을 팔아넘기기 위해 무덤을 파헤쳐 시신을 꺼내는 일이 빈번했다. 무덤을 파헤친다는 점은 실제 구울과 유사했기 때문에 자연스럽게 구울이라고 불리게 된 것이다. 그렇게 특정 집단을 구울이라고 부를 정도로 인지도를 가졌던 셈이다.

그러니까 좀비보다 훨씬 이전에 유럽과 미국에 소개된 셈이다. 특히 구울은 시신을 먹어 치운다는 점에서 많은 창작자에게 영감을 주었다. 현재 기준으로는 좀비보다는 인지도가 떨어지지만, 나름 인기를 끌고 있는데 대표 작품이 바로 일본 애니메이션 〈도쿄 구울〉이다. 인간을 잡아먹는 구울과 인간 간의 공존과 사투를 다룬 내용이다. 배경이 일본이라는 점을 제외하고는 구울의 정체성을 잘 드러냈다.

이렇게 관련 작품들을 자세히 들여다보면 서로 영향을 끼쳤다는 것을 알 수 있다. 그러니까 좀비와 구울, 강시와 재차의는 서로 이웃사촌인 셈이다. 어쩌면 좀비는 구울과 강시, 그리고 재차의 같은 과거에서부터 온 언데드들의 종합 선물일지도 모르겠다.

죽음과 부활

사실 우리나라를 비롯한 전 세계에는 죽음에서 부활한 사람들에 대한 이야기가 있다. 지금처럼 의학이 발달하지 않았던 과거에는 죽은 줄 알고 장례를 치르다가 살아난 사례들이 종종 있었다.

일본에서도 죽은 부인이 부활해 남편을 끌고 함께 저승으로 간다는 괴담이 전해진다. 놀랍게도 현대에서도 사망 판정을 받고도 살아난 사례들이 있다. 성경에서 죽은 지 나흘 만에 예수님이 되살린 라자루스의 이름을 따서 라자루스 증후군Lazarus syndrome이라고 부른다. 예수님이 사람들에게 신의 아들이라고 인정받게 된 것이 십자가에 못 박혀서 죽은 이후 사흘 만에 부활했기 때문이다.

그의 부활을 목격한 제자들은 비로소 믿음에 대한 확신을 가지고 죽음을 무릅쓰고 포교에 나선 것이다. 그 만큼 죽음에서 부활했다는 것은 특별한 일이었으며, 그것을 행하는 사람은 신 혹은 신의 대리자로 인정받았다. 죽음에 빠져든 사람을 다시 일으켜 세운 것만큼 확실한 기적은 없으니까 말이다.

따라서 사망 판정을 받은 사람이 다시 살아나는 현상을 라자루스증후군이라고 부르는 것은 어쩌면 당연한 일인지도 모르겠다.

아울러 멈췄던 호흡이 자발적으로 다시 돌아왔다고 해서 자발순환회복return of spontaneous circulation, ROSC이라고도 부른다. 이런 현상은 최근까지 전 세계에서 보고되고 있다. 지난 2020년 8월에는 미국 디트로이트에서 심장마비로 쓰러진 20세 여성에게 출동한 구급대원이 심폐소생술을 했는데도 숨을 멈췄다. 사망 판정을 받은 여성은 장례식장으로 이동되었지만 중간에 호흡이 돌아오면서 산채로 매장되는 것은 피할 수 있었다.

같은 해 10월 인도에서도 70대 중반의 노인이 죽었다는 가족들의 판단에 따라 장례 절차를 밟았다. 장례 준비를 마칠 때까지 시신을 보관할 냉동 보관함에 들어가 있다가 숨을 쉰 채 발견되었다. 냉동 보관함에 들어가 있는 할아버지의 시신이 눈을 깜빡거리고 움직이는 것을 본 직원이 기겁해서 가족들에게 그 사실을 알렸다. 하지만 냉동실에서 오랫동안 누워 있던 할아버지는 며칠 후 진짜 세상을 떠나고 말았다.

이런 라자루스증후군은 1982년에 처음 보고된 이후 40여 건 가까이 확인되었다. 우리나라에서도 예전에 호흡을 멈춘 후에 염까지 다하고, 병풍 뒤에 누워 발인을 기다리던 할머니가 깨어났다는 식의 뉴스가 난 적이 있었다.

이렇게 죽음에서 돌아온 사람들은 가족들의 환영을 받을까? 어쨌든 의학이 계속 발전하고 있지만 이런 불가사의한 현상까지 밝혀내는 데까지는 이르지 못하고 있다. 나는 라자루스증후군을 보면서 좀비를 떠올린다. 죽음에서 살아 돌아온다는 점은 유사하기 때문이다.

좀비는 의학적으로, 그리고 과학적으로 설명이 불가능한 존재다. 아울러 설정상으로도 커다란 구멍이 존재한다. 좀비는 인간을 먹어 치운다고 하는데 인간들을 다 잡아먹고 나면 누가 좀비가 될까? 거기다 좀비든 뭐든 움직이려면 에너지가 필요한데 잡아먹을 인간들이 다 사라지고 나면 그걸 대체할 수 있는 게 없다.

맹수를 사냥하기에는 너무 허약하고, 작은 짐승을 잡기에는 너무 느리고 둔하기 때문이다. 하지만 앞으로 좀비가 나타날 수 있다는 생각을 버리지 않는 건 바로 라자루스증후군처럼 의학적으로 설명이 불가능한 현상들이 존재하기 때문이다. 사실 좀비는 원칙적으로 얘기하자면 사망한 시신이다. 의학적으로 사망 판정이 내려진 상태라면 부패가 진행된다. 따라서 어떤 요인으로 살아난다고 해도 며칠 동안 활동하고 난 이후에는 장기와 신체가 부패해 움직일 수 없거나 공격할 능력이 사라진다.

반면 라자루스증후군처럼 사망 판정 후 깨어난다면 부패가 진행되지 않는다. 거기에 배스 솔트의 경우처럼 특정 약물에 중독되어서 이성을 잃거나 의지를 잃을 정도의 세뇌를 받고 공격성을 가진다면 우리가 아는 좀비가 탄생할지도 모른다. 유나 바머가 대학 시절 받았다는 실험 같은 방식으로 말이다. 창작의 세상 속에 좀비가 죽음에서 돌아온 존재, 언데드였다면 라자루스증후군처럼 의학적으로 설명되는 부활은 어쩌면 좀비라는 새로운 언데드 혹은 인류의 출현이라는 문을 여는 열쇠가 될지도 모르겠다.

결국 죽음이라는 코드는 좀비의 탄생을 가져왔다. 윤회라는 개념이 있는 동양과는 달리 서양에서는 한 번 죽으면 끝이다. 따라서 죽음에서 돌아오는 방법밖에는 존재하지 않는다. 마치 연어가 강의 흐름을 거슬러 올라가는 것처럼 죽음을 거슬러서 삶으로 돌아와야만 하는 것이다.

동양의 윤회가 과거를 버리고 새로운 삶을 얻는 것이라면 서양에서의 부활은 과거의 기억을 고스란히 간직한 채 눈을 뜨는 것을 의미한다.

어쩌면 그것이 살아 있는 삶을 증오하게 된 원인이 아닐까? 좀비는 다양하게 사용되는 중이다. 영화 〈부산행〉에서는 좁은 열차 안에서 마동석과 혈투를 벌였고, 드라마 〈킹덤〉에서는 조선 시대를 무대로 사람들을 물어뜯었다. 〈데드 스노우〉에서는 살아생전에 악당이었던 나치들이 좀비가 되어서도 착한 사람들을 괴롭힌다. 체르노빌 원전 사고가 터진 곳에서도 등장하고, 〈월드워 Z〉와 〈28일 후〉에서는 열심히 뛰어다니면서 사람을 노린다.

좀비가 다른 괴물들과 다른 점이 여기에 있다. 뱀파이어나 늑대인간은 인간을 먹이로 삼거나 노예로 부리려고 한다. 하지만 좀비는 인간을 말살하려고 한다. 정확하게는 자신과 같은 존재로 만들어버리려고 하는데 살아 있는 인간에게 죽음을 선물하는 것이나 다름없다. 어쩌면 부활은 혜택이나 기쁨이 아니라 형벌일 수 있다는 느낌을 받게 되는 순간이다.

K-좀비의 전성시대

최근 들어 한국에서 제작한 좀비 영화와 드라마들이 해외에서 큰 인기를 끌고 있다. 물론 하루아침에 그런 것은 아니고 오랜 기간 수많은 실패와 좌절 끝에 일궈낸 성과다.

어떻게 해서 우리는 좀비물의 선진국이 될 수 있었을까? 그리고 어떤 과정을 거쳐 왔을지 알아보자. 우선 우스개소리로 뛰는 좀비는 우리를 따라 올 나라가 없다는 얘기가 있다. 확실히 우리나라에서 만든 뛰는 좀비 영화들은 해외에서 만든 것보다 훨씬 역동적이고 사실적이다. 그것은 엑스트라가 꿈틀거리는 흉내를 내는 정도가 아니라 안무가에게 전문적 연기 지도를 받기 때문이다. 좀비 역만 전문적으로 하는 연기자들이 늘어나면서 인프라가 갖춰지게 된 것이 첫 번째 요인이다.

두 번째는 이른 시기에 블록버스터 영화가 나왔다는 점이다. 할리우드에서 좀비가 등장하는 최초의 블록버스터는 브래드 피트가 주연한 〈월드워 Z〉로 2013년에 개봉했다.

우리나라의 경우는 연상호 감독의 〈부산행〉을 최초의 블록버스터 좀비 영화로 본다. 이 영화는 2016년에 개봉했다. 미국과 비교해 별로 뒤지지 않은 시기였다. 우리나라의 좀비물은 〈부산행〉 이전과 이후로 나뉠 것이라고 해도 과언이 아닐 정도로 큰 성공을 거뒀다. 관객 수천 만을 돌파하면서 스크린에서 좀비가 울부짖는 게 이제 이상하거나 어색하지 않게 된 것이다.

그렇다면 우리나라 최초의 좀비물은 언제 만들어졌을까? 1980년 강범구 감독의 〈괴시〉를 첫 번째 좀비 영화로 보고 있다. 분장이나 내용은 좀비물과는 거리가 좀 멀지만 어쨌든 죽었다가 살아낸 존재가 스크린에서 모습을 드러낸 것은 처음이다.

2006년에 개봉한 어느날 갑자기 4부작 시리즈 중 마지막 편인 〈죽음의 숲〉 역시 좀비물을 다루고 있다. 하지만 좀비 떼들이 나타나는 게 아니라 숲속에서 소수의 좀비가 돌아다니는 형태로 진행된다. 분장도 매우 어색해 얼굴은 시체처럼 꾸몄지만, 손과 목은 그대로라서 보다가 실소가 나왔던 기억이 있다. 그 외에 불한당들이나 이웃집 좀비 같이 저예산 영화에 좀비가 등장하기도 했지만 좋은 평가를 받지는 못했다. 좀비는 무리지어 나와 닥치는 대로 공격해야 하는 게 정석인데 저예산 영화에서는 불가능하기 때문이다.

그리고 좀비에 대한 이해가 부족한 상황이라 뭔가 사연을 자꾸 넣으려고 했던 것도 실패로 가는 원인이었다. 좀비는 존재 자체가 납득하기 어려운 존재이기 때문이다. 거기에 왜 등장했고, 어쩌다 좀비가 되었는지를 구구절절 얘기하려고 하니까 실패한 것이다. 〈이블 데드〉가 악령의 존재를 잘 설명해 성공한 것은 아닌 것처럼 때로는 지나친 해석을 자제해야 하는데 그걸 생각하지 못한 것이다.

2012년에 개봉한 옴니버스 영화 〈멋진 신세계〉는 〈부산행〉 이전에 나온 작품 중 가장 볼 만한 좀비 영화다. 특히 좀비가 나타나 문명이 붕괴되는 좀비 아포칼립스를 다룬 최초의 한국 영화이기도 하다. 하지만 아직 좀비에 대한 여러 가지 기술과 이야기가 축적되지 않은 상태라 이도저도 아닌 모습을 보여줬다는 평가도 있었다. 물론 좀비 마니아인 나로서는 굉장히 만족스러운 작품이었지만 말이다. 2014년에는 〈좀비 스쿨〉이라는 영화가 개봉했다. 청소년과 좀비물을 결합한 시도는 신선했지만 그것이 전부였다.

2016년, 대망의 〈부산행〉이 개봉했다. 10~20년쯤 후에 나올 것이라고 예상했던 좀비 블록버스터가 등장했고, 심지어 흥행에도 성공했다. 부산으로 가는 열차 안에서 좀비 바이러스가 퍼지고 살아남기 위한 사투를 벌이는 인간 군상들을 보여준다. 그중에는 착한 사람과 나쁜 사람, 어정쩡

한 사람, 용감한 사람, 헌신적 사람들을 차곡차곡 보여주면서 한국 사회의 계급성과 비인간성을 암시했다는 평가를 받는다.

그런 상징성 외에 장르로서의 완성도가 높았고, 특히 해외에서 오랜만에 나온 클래식한 좀비물이라는 호평을 받았다. 언젠가 제대로 된 좀비 영화가 나올 것이라고 확신하긴 했지만 이렇게 빨리, 그리고 단숨에 성공을 거둘 줄은 미처 예상치 못했다.

2018년에는 〈창궐〉이라는 역사와 좀비를 결합한 영화가 나온다. 상투를 튼 좀비가 처음 나왔는데 전혀 어색하지 않다는 점이 나를 즐겁게 했다. 물론 여러 가지 이유로 흥행에는 실패했지만, 〈부산행〉을 이은 블록버스트 좀비물로서는 손색이 없었다. 특히 지하 감옥에서 복도를 꽉 채운 좀비들의 모습은 전율을 느낄 정도였다.

2020년에는 〈부산행〉의 뒤를 이은 〈반도〉가 개봉했다. 〈부산행〉의 세계관을 이어받은 영화로 대한민국이 좀비 때문에 폐허가 되었다는 설정으로 좀비 아포칼립스물로 분류할 수 있다. 한국에서도 좀비들이 폐허가 된 거리를 달리고, 총을 든 주인공 일행이 그걸 쏘아대는 모습들이 어색하지 않게 된 것이다.

같은 해에 개봉된 〈살아 있다〉에서는 인간일 때의 습관을 기억하는 좀비라는 설정이 추가되었다. 좀비들이 갑자기 나타나고 소수의 생존자들이 겪는 두려움과 갈등을 잘 드러냈다. 최근에는 다른 영화에서도 좀비가 언급될 정도로 보편화되었다. 영화 〈극한 직업〉에서는 고 반장이라는 캐릭터를 소개할 때 좀비라고 얘기한다. 이제 사람들이 좀비가 어떤 존재인지 설명할 필요가 없어진 것이다.

드라마의 경우는 영화보다는 늦은 편이다. 2011년 MBC에서 2부작으로 공개한 〈나는 살아 있다〉가 본격적인 좀비 드라마라고 할 수 있다. 하지만 호러물과의 경계를 제대로 짓지 못하는 바람에 좋은 평가를 받지는 못했다. 그렇다고 해도 공중파에서 좀비를 볼 수 있었다는 것에 매우 흡족했던 기억이 난다.

아마도 전년에 공개된 〈워킹 데드〉의 영향을 받은 것으로 보인다. 동명의 그래픽 노블을 원작으로 한 이 드라마는 시즌 1이 엄청난 성공을 거두면서 시즌을 이어가고 있다. 특히 인간도 이미 좀비 바이러스에 감염된 상태라 사망하게 되면 좀비가 된다는 설정, 그리고 문명이 붕괴되면 좀비보다 인간이 더 위험한 존재일 수 있다는 것을 일깨워줬다.

2015년에 KBS 드라마 스페셜로 공개된 단막극 〈라이브

쇼크〉는 좀비와 음모론을 결합한 작품이다. 방송국 내부에 좀비 바이러스가 퍼지고 생존자들이 도망다닌다는 전형적 저예산 좀비물의 설정을 따라간다.

2019년에는 넷플릭스를 통해 〈킹덤〉이 공개된다. 조선 시대 좀비가 나타났다는 내용인데 영화 〈창궐〉과 어느 정도 유사했지만, 결과는 전혀 달랐다. 〈워킹 데드〉가 좀비 아포칼립스 상황에서의 인간의 내면과 잔혹성을 보여줬다면, 〈킹덤〉은 왕실을 둘러싼 권력 다툼을 더했다. 이 드라마에서도 좀비보다 인간이 더 위험하고 잔인하다는 것을 여실히 보여준다. 큰 성공을 거두면서 해외에서도 호평을 받았고, 다음 시즌이 계속 공개되고 있다.

우리나라의 좀비물은 짧은 시간에 큰 성공을 거뒀다. 미국과 서구권과 비교해도 손색이 없는 작품들을 만들었고, 특히 뛰는 좀비물의 트렌드를 이끌고 있다고 봐도 무방하다.

그것은 한국 사회가 좀비물을 빨리 받아들이고 적응했다는 것을 의미한다. 새로운 것을 받아들이는 걸 두려워하지 않고, 일단 받아들이면 엄청나게 빨리 흡수하고, 일류가 되지 않으면 견디지 못하는 시스템 때문이라고 생각한다.

이 지점은 좀비의 연기에서 두드러지는데 수십 년간 좀비물을 찍은 외국보다 월등하게 움직임이 좋다. 그건 새로운 것을 받아들이고 그걸 바탕으로 재창조해내는 우리의 특성과 안무가를 초빙해 진지하게 연구하는 집요함이 결합된 것이라고 본다.

이걸 두 글자로 줄이면 경쟁인데 좀비 역시 경쟁의 대상과 존재로 봤던 것이다. 한국 사회가 선진국이 되어 가고 거기에 맞는 문제점들을 드러낸 것 또한 원인으로 보고 있다.

결국 좀비의 등장은 고도화된 사회가 가지는 빈부 격차와 인종 갈등과 깊은 연관이 있는데 우리 역시 그런 문제점들을 드러내기 때문이다. 거기다 한국 사회가 좀비가 익숙해질 정도로 한계점에 도달한 것이 아닌가 하는 걱정도 된다. 결국 좀비가 스크린과 브라운관에 자주 등장하는 건 이놈의 세상 꽉 망해버렸으면 좋겠다는 마음이 커졌기 때문이 아닐까 싶다.

좀비와 문명

나는 좀비를 좋아한다. 하지만 좀비가 사랑받고 인기를 끄는 사회가 정상적이고 건강한지에 대해서는 우려를 금할 길이 없다. 나는 종종 사람들이 좀비에 빠져드는 걸 '현대 문명의 롤러코스터'라고 말한다. 사람은 무중력을 경험해 보고 싶어 한다.

하지만 인간이 무중력을 경험하는 건 대개 추락하는 순간이기 때문에 죽거나 크게 다칠 수밖에 없다. 그래서 롤러코스터를 타는 것이다. 안전바와 레일이 있어서 떨어지는 순간 무중력을 체험하지만 죽거나 다치지 않는다는 확신이 있는 것이다. 전쟁과 환경 오염, 기후 변화에 전 지구를 휩쓰는 전염병까지 겪게 되면서 인간은 문명에 대한 불안감에 휩싸여 있다. 내가 살아 있는 동안 문명이 붕괴될지도 모른다는 끝 모를 불안감을 좀비로서 해소하는 것이다. 마치 롤러코스터처럼 말이다.

결국 좀비가 인기를 끌고 존재감을 드러내는 건 현대 문명에 대한 불신과 불안감 때문이라는 것이 내 생각이다. 최근 미국에서 좀비가 인기를 끄는 건 어쩌면 미국 사회가 가진 근본적 불안감에 대한 불신에서 비롯되었을지도 모르겠다. 최근 미국은 세계 최강 대국이라는 타이틀이 무색할 정도로 많은 부침과 고난을 겪고 있다. 흔히 미국인에게 가장 큰 충격을 안겨준 것이 9.11테러라고 생각하지만, 실제로는 2007년에 불거진 서브프라임 모기지 사태다.

집이 단순한 거주지가 아니라 살고 있는 사람의 첫 번째 재산 목록이자 신분을 상징하는 것은 우리나라나 미국이나 마찬가지다.

하지만 집은 예나 지금이나 고가 상품이기 때문에 은행 같은 금융 기관에서 돈을 빌려야만 했다. 금융 기관은 주택이라는 확실한 담보가 있기 때문에 다른 대출보다는 비교적 쉽게 돈을 빌려줬다.

문제는 2007년에 터졌지만 시작은 2000년대 초반이었다. 당시 미국은 닷컴 열풍이 서서히 사라지고, 아프간과 이라크에서 벌인 테러와의 전쟁 여파로 경기 침체가 이뤄지자 미국 정부는 저금리 정책을 펼친다. 낮은 금리로 융자를 줘서 경기 활성화를 노린 것이다. 그 와중에 주택 담보 대출도 늘어나게 되면서 주택 가격이 높아지게 된다. 주택 가격이 계속 치솟아 은행 금리보다 높아지자 너도 나도 집을 사기 시작한다. 수중에 돈이 없었지만 사들인 주택을 담보로 은행에서 돈을 빌리기 쉬워졌기 때문이다.

은행에 저금하느니 집을 사는 게 훨씬 이득인 상황이 벌어진 현상이다. 주택 담보 대출이 활성화되자 은행은 여러 가지 파생 상품을 만들어 판매한다. 위험을 분산한다는 목표를 내세웠는데 사실상 대출로 묶인 돈을 이용해 돈벌이에 나선 것이다. 덕분에 은행의 대출 이자는 계속 낮아졌고, 그렇게 낮아진 은행의 문턱은 집을 살 돈을 빌리기 위한 사람들로 넘쳐났다.

하지만 시작이 있으면 끝이 존재하는 법, 집을 살 사람이 사라지고 만 것이다. 그러면서 한 순간에 부동산 거품이 꺼지고 만다. 멀리는 영국의 남해주식회사 사기 사건이나 네덜란드의 튤립 폭락 사건, 가까이는 1920년대 대공황 같은 사태가 벌어졌다.

일순간에 주택 가격이 폭락해버리면서 은행에서 돈을 빌려 주택을 산 사람들이 연쇄적으로 파산하게 된다. 은행에 주택을 빼앗긴 사람들은 절망감에 자살을 선택하는 일이 빈번했다. 미국은 우리처럼 세입자를 보호하는 법이 존재하지 않기 때문이다. 주택 가격의 폭락으로 많은 사람이 파산하면서 미국 경제는 글자 그대로 주저앉았고, 세계 경제에 고스란히 여파를 미쳤다.

미국 은행의 주택 담보 파생 상품은 전 세계 금융 기관들이 앞다퉈 구매했기 때문이다. 경기 침체의 여파는 미국 전역을 강타했고, 리먼 브라더스를 비롯한 수많은 금융기관과 투자기관이 문을 닫게 되었다. 가장 큰 피해자는 집을 사기 위해 은행의 대출을 받았던 중산층과 서민이었다. 금리가 폭등하고 주택 가격이 떨어지면서 삽시간에 보금자리에서 쫓겨나고 만 것이다.

경기가 침체하면서 회사들이 문을 닫거나 정리 해고를 단행했고, 집을 잃은 사람들은 직장까지 잃었다. 정작 그들에게 대출해주고 주택을 사라고 부추긴 이들은 정부의 구제 금융으로 보너스 파티를 하는 모럴 해저드를 보여줬다.

1997년의 IMF 구제 금융이 한국의 삶과 사고 방식을 영원히 바꿔놓은 것처럼 미국 역시 서브 프라임 모기지 사태 이후 많은 것이 변했다. 사회가 안정적이니까 내가 열심히만 일하면 된다는 낙관적인 생각이 사라져버렸다. 오직 돈을 벌기 위한 무한 경쟁만 남게 된 것이다.

빈부 격차가 더 심해지면서 국가의 근간이라고 할 수 있는 중산층이 줄어들었다. 어떤 미국인은 9.11테러보다 더 많은 여파를 미친 것이 이 일이라고 얘기하기도 한다. 그리고 이 상황은 2008년부터 시작된 '대침체'라고 일컬어지는 경기 불황으로 이어진다.

나는 열심히 일했는데 집이 사라지고 직장에서도 쫓겨난 기가 막힌 상황에 처한 미국인은 사회에 대한 불신과 저항을 하게 된다. 나를 착취하는 이런 사회는 차라리 파괴되는 게 나을 것이라는 증오심과 나와 내 가족을 지켜주는 시스템이 붕괴될지 모른다는 두려움이 공존하게 된 것이다. 마치 학창 시절 끝없이 경쟁하고 또 경쟁해서 사회에 나왔지만 비정규직으로 전락할지 모른다는 공포감에 휩싸이는 것과 비슷하다.

사회에 대한 불신과 불안감이 바로 좀비를 불러왔다. 앞서 얘기한대로 문명과 사회를 가장 깔끔하게 완벽하게 종식할 수 있기 때문이다.

윤여정 씨가 여우조연상을 받은 제93회 미국 아카데미 영화제에서 작품상과 감독상, 여우주연상을 받은 〈노매드랜드〉가 바로 서브프라임 모기지 사태와 그 이후 몰아닥친 대침체의 여파로 유목민이 된 여주인공 편의 이야기를 다루고 있다. 남편과 다니던 회사가 경기 침체 때문에 문을 닫자 펀은 차를 타고 미국 서부를 여행하게 된다. 그러면서 자신과 비슷한 처지의 다른 떠돌이들을 만나고 이별하고를 반복한다. 그러다 다시 남편과 함께 일하던 곳으로 돌아와 남은 짐을 처분하고 다시 길을 떠난다. 중간중간 정착할 기회가 있었지만 펀은 고집스럽게 길을 떠난다. 어딘가에 정착해 사는 걸 최고의 행복으로 여기는 한국 사람에게는 이해하기 어려운 심리다.

하지만 나는 길 위의 삶을 고집하는 펀의 생각을 어느 정도 이해할 수 있다. 어느 곳에 정착했다가 다시 쫓겨나는 상황을 두려워한 것이다. 차라리 길 위에서의 고된 삶이 펀에게는 더 편안했을 것이다. 이 영화가 아카데미상을 수상하게 된 것은 클로이 자오 감독의 뛰어난 연출과 펀 역을 맡은 프란시스 맥도먼드의 실감나는 연기 때문이다. 하지만 그 바탕에는 서브 프라임 모기지 사태와 대침체 이후 뒤바뀐 미국인의 어두운 삶을 여과 없이 보여줬기 때문일 것이다.

나는 미국 전역을 떠도는 노매드들을 보면서 좀비를 떠올렸다. 어디 한곳에 정착하지 못하고, 누군가와 교류하지도 못하면서 끊임없이 이동했다. 마치 좀비처럼 말이다.

좀비가 나타나고 문명이 붕괴되면 인간 역시 두려운 존재가 된다. 사회가 존재할 때 있었던 무형의 규칙과 규율이 깨지면 총과 힘을 가진 사람들의 세상이 되기 때문이다.

좀비 영화의 클리셰가 텅 빈 쇼핑센터에 들어가 마음껏 쇼핑하고 카트에 물건을 산더미처럼 싣고 계산하지 않은 채 밖으로 나가는 것이다. 그리고 친절하게 맞이하던 인간들이 사실은 좀비보다 더 나쁜 짓을 할 때도 있다.

문명이 사라지면 인간은 시험대에 오를 것이다. 인간답게 살 것인지 아니면 짐승처럼 지낼 것인지 말이다. 어떤 형태가 될지 모르겠지만 좀비가 나타나면 인류는 절대 예전으로 돌아가지 못한다. 어쩌면 인류 이전에 지구를 지배했다가 사라진 공룡처럼 뼈와 문명의 흔적들을 남긴 채 지구에서 사라질지도 모르겠다.

오늘날 수많은 사람이 좀비에 열광한다. 좀비처럼 분장하고, 움직이는 연습을 한다. 좀비가 등장하는 영화와 드라마에 열광하고, 열심히 책을 읽고, 사회학적으로 분석한 책들도 찾아 본다. 유튜브에서 좀비가 나오는 영상물들을 보면서 좋아요를 누른다. 그러면서 좀비가 박살내버린 세상과 멸망해버리는 인류를 보고 즐긴다. 이런 추세로 볼 때 좀비의 인기는 줄어들 것 같지 않다.

이 글을 쓰는 동안 SBS의 〈당신이 혹하는 사이〉 시즌 2의

촬영을 마쳤다. 세상에 있을지도 모르는 좀비에 대한 얘기를 나눴다. 마이애미 좀비 사건부터 우리나라에서 벌어진 유사한 사건을 소개했다. 아울러 마이애미 좀비 사건의 원인을 다양하게 찾아보려고 노력하는 모습을 보였다. 확실히 사람들의 관심도가 높아졌고, 방송은 좀 더 전문적이 되었다.

예전에는 다소 흥미 위주로 접근했지만 지금은 굉장히 진지해진 것이다. 덕분에 이번에는 좀 더 진지하게 얘기를 나눌 수 있어 기분이 좋았다.

아울러 앞으로 나에게도 많은 기회가 올 것이라는 걸 직감했다. 아직까지 좀비에 대해 얘기할 수 있는 사람이 별로 없으니까 말이다. 출판계에서도 아직도 거부감이 없진 않지만 확실히 좀비에 대한 거부감과 두려움이 사라진 느낌이다. 〈부산행〉과 〈반도〉, 〈창궐〉을 비롯한 영화와 드라마 〈킹덤〉이 줄줄이 선보인 영상 쪽은 말할 나위도 없고 말이다. 웹소설에서도 좀비와 좀비 아포칼립스가 등장한 지 오래다.

앞으로 좀비는 오랫동안 우리 곁에 존재하면서 공포와 두려움을 대리 체험하게 해줄 것이다. 하지만 좀비가 인기를 끌고 주목을 받는 세상은 과연 정상적일까라는 생각을 자꾸 되뇌이게 된다. 좀비를 앞세워서 두려움을 막아내기 급급하고, 문명이 붕괴될지 모른다는 두려움을 간편한 오락거리로 소화해내고 있기 때문이다. 좀비는 나를 살렸지만 사회와 문명을 죽이는 존재가 아닐까라는 생각이 든다.

○ 2부 | Z-WAR : 어느 병사의 이야기

K-30 비호의 2연장 30밀리 기관포가 불을 뿜었다. 포구에서 뿜어져 나간 불줄기가 도로를 따라 걷던 한 무리의 좀비들을 글자 그대로 산산조각 내버렸다. 옥상에서 망원경으로 그 광경을 지켜보던 나진혁 중사는 한숨을 쉬었다. 바로 앞에 걷던 좀비가 박살 난 잔해를 뒤집어쓰고도 여전히 걷고 있었기 때문이다.

"환장하겠네."

만약 사람이었다면 아무리 훈련을 잘 받았다고 해도 일단 숨을 곳부터 찾거나 놀라서 얼어붙었을 것이다. 하지만 좀비들은 달랐다. 두려움도 없고, 전우애 같은 것도 없었기 때문에 옆에 있던 좀비들이 죽거나 혹은 다쳐도 크게 신경 쓰지 않았다.

"원래 죽었다가 깨어나서 그런 건가?"

한 달 전만 해도 상상할 수 없는 일이었다. 시작은 아프리카였다. 천리 행군 중에 괴상한 질병이 발생했다는 소식을 듣긴 했지만 그때 중요했던 건 아픈 발바닥이었다. 복귀하고 밀렸던 휴가를 나가려는 찰나 비상이 걸렸다. 아프리카에서 시작된 정체불명의 전염병이 빠른 속도로 전 세계로 퍼져 나갔던 것이다. 코로나19 바이러스가 퍼졌을 때 백신 수송 작전에 참여했던 적이 있던 진혁은 이번에도 비슷한 임무인 줄로만 알았다. 하지만 상황은 예상보다 훨씬 안 좋았다.

"모잠비크 바이러스요? 모잠비크 드릴이 아니고요?"

밀리터리 덕후라서 특전사에 들어왔던 진혁의 반문에 상관인 김 상사가 짜증을 냈다.

"아이고, 누가 밀덕 아니랄까 봐 헛소리야. 모잠비크 바이러스라고!"

"아니, 코로나19 바이러스는 우한 폐렴이라고 부르지 말라고 해놓고 모잠비크 바이러스라니요. 너무 편파적이잖아요."

"지금 그런 거 따질 때가 아니야, 난리 났다고, 난리."

신중하고 입이 무겁기로 소문 난 김 상사가 짜증을 내고는 자리를 떴다. 그 사이 뉴스 속보에서는 모잠비크 바이러스에 대한 얘기들을 쏟아냈다. 이 바이러스에 감염되면 눈과 코, 입에서 피를 쏟아내고 고열에 시달리다가 의식을 잃게 된다. 그리고 눈을 뜬 다음에는 이성을 잃고 타인을 공격했다. 뉴스를 통해 그 얘기를 들은 진혁이 중얼거렸다.

"좀비 마약인가?"

2012년 마이애미에서 발생한 사건을 기억해낸 진혁이 중얼거렸다. 하지만 그때는 원인이 밝혀지지 않았고, 지금은 모잠비크 바이러스라는 명확한 이유가 존재했다. 아프리카 들개의 광견병 바이러스를 연구하던 영국 제약회사의 실험실에서 시작된 이 바이러스는 삽시간에 퍼졌다. 타액이나 혈액이 한 방울만 체내에 들어가게 되면 곧바로 감염을 일으키는데 속도가 어마어마하게 빨랐다. 그리고 감염이 되면 눈이 붉게 변한 채 주변의 사람들을 공격했다. 이 와중에 피와 침이 튀면 공격받는 사람도 곧장 변해버렸다. 〈28일 후도 아니고〉.

그 영화에 나오는 분노 바이러스를 떠올렸다. 어쨌든 사람들이 붉은 눈이라고 부르는 감염자들이 삽시간에 늘어나자 계엄령이 선포되었다. 한국은 그나마 나았다. 인도는 좀비들에게 삽시간에 쓸려나갔다. 중국은 핵무기까지 동원했지만 역부족이었다. 백악관으로 밀고 들어온 좀비들이 대통령의 팔을 질겅질겅 씹으면서 돌아다녔다. 대한민국 역시 상황이 좋지는 않았다. 초반에 빨리 계엄령을 발동하고, 물자를 모았다. 중국에서 쏟아져 들어온 좀비들이 압록강을 건너 북한으로 밀고 들어갔다. 자존심밖에 없는 북한이 대한민국에 도움을 요청한 건 그로부터 보름 후였다. 하지만 도와줄지 말지 고민하는 사이 북한이 사라져버렸다. 쏟아져 들어오는 좀비들에 의해 평양이 불바다가 되어버렸다. TV 화면으로 그걸 본 몇몇 사람은 통쾌하다며 주먹을 불끈 쥐었다. 하지만 북한을 휩쓴 좀비들이 휴전선에 나타나면서 그런 분위기는 말끔하게 사라져버렸다. 그 와중에 외부에서 유입된 모잠비크 바이러스에 의해 좀비가 나타나면서 정상적인 생활은 끝장나고 말았다. 상황이 악화되자 좀비라고 불리는 감염자들을 사살하라는 지시가 떨어졌다. 지시를 받은 동료들은 크게 동요했다. 사람을 죽이는 훈련을 수없이 했지만 대상이 우리나라 사람이 될 거라고는 꿈에도 생각하지 못했기 때문이다. 거기다 가족이나 친구들이 섞여 있을까 봐 걱정이 된 나머지 쉽게 총을 쏘지 못했다. 하지만 상황이 악화되어서 민간인 생존자들을 기지나 공항 같은 곳에 수용해야 했다. 평택의 캠프 험프리에 자리 잡은 진혁의 특전사 지역대는 민간인 생존자들의 이동을 엄호하는 임무를 맡았다.

진혁이 지난 일을 생각하는 사이 K-150 비호의 2연장 30밀리미터 기관포가 다시 불을 뿜었다. 2킬로미터 밖에서 일렬종대로 걸어오던 좀비들이 순식간에 토막나버렸고, 뒤에 있던 애꿎은 롯데리아도 벌집이 되고 말았다. 차체에 튕긴 손가락 굵기의 탄피들이 땡그랑거리는 소리를 내며 바닥으로 떨어졌다. 3층짜리 다세대 주택 옥상에서 망원경으로 그 광경을 바라보던 진혁은 길게 하품을 했다. 드론봇 전투단에서 띄운 무인 드론이 평택으로 이동 중인 민간인들을 만났다. 백 명 가까이 되는 대규모 인원이었다. 당장 이들을 기지로 이동할 작전이 세워졌다. 미군이 지원을 거부한 덕분에 한국군만의 단독 작전이 되었다. K-150 비호

자주대공포 2대와 K-6 중기관총이 장착된 한국형 험비인 K-151 3대가 화력지원을 하고 특전사팀의 일부가 그들과 접촉해서 안내를 하고 나머지 팀은 안전 통로를 구축해서 민간인들을 안전하게 이동한다는 계획은 현재까지는 제대로 진행되었다. 어제 도착한 진혁의 팀은 관측 포스트를 선점하고 좀비들의 접근을 감시하는 임무를 맡았다. 손목시계를 본 진혁은 조 하사와 함께 옥탑 위에 있는 김 상사에게 소리쳤다.

"도착 예정 시간을 넘긴 거 아닙니까?"

옥탑 밖으로 고개를 쑥 내민 김 상사가 대답했다.

"노약자가 많아서 이동에 시간이 걸린데."

"이러다 좀비가 떼거지로 나타나면 곤란할 텐데요."

"그렇다고 작전을 포기할 수는 없잖아. 좀 긍정적인 마인드를 가져봐라."

김 상사가 말하는 사이 무전기에서 비명이 울려 퍼졌다. 잡음이 심해서 잘 들리지 않았지만 무슨 뜻인지는 어렵지 않게 알아차렸다. 좀비들이 감청이나 음어 해독을 하지 않은 덕분에 통신은 평문으로 주고받았다. 진혁은 잽싸게 사다리를 타고 옥탑으로 올라갔다. 김 상사와 조 하사가 심각한 표정으로 무전기에 귀를 기울이고 있었다.

"좀비들이! 좀비들이 갑자기 나타났습니다. 으악! 살려주세요. 너무 많습니다. 쏴! 쏴버리란 말이야!"

무전기에서는 비명과 애원, 아우성이 뒤섞여 흘러나왔다.

잡음이 잠깐 들리고 본부 무전병의 목소리가 들렸다.

"백두산! 진정하고 현재 위치를 말하라!"

"세븐 일레븐이랑 나이키 매장이 같이 붙어 있는 곳이다. 제발 도와줘!"

다급한 목소리를 들은 진혁이 위에 대고 외쳤다.

"팀장님! 거기면 저기 청송 아파트 뒤쪽에 있는 마트 앞인 것 같은데요. 여기서 200미터도 안 떨어졌습니다."

진혁이 팀장의 어깨를 잡고 말했다.

"이러다간 다 죽는다고요."

"진정해. 아직 명령이 없어."

"젠장! 언제까지 명령 타령할 겁니까!"

버럭 화를 낸 진혁이 어깨에 매고 있던 K-15 기관총을 고쳐 맸다. 그리고 사다리를 타고 내려와서는 배낭을 둘러맸다. 골목길에 좀비가 없는지 슬쩍 내려다본 진혁은 문을 열고 계단을 내려갔다. 2층 복도에서 경계 중이던 유 하사가 놀란 눈으로 물었다.

"어디 가십니까?"

"싸우러."

한마디 툭 내던진 진혁은 유 하사를 지나 쿵쾅거리며 계단을 내려갔다. 쓰레기들이 흘러넘치는 골목길을 뜀박질로 달려간 진혁은 큰 길로 꺼어진 지점에서 잠깐 숨을 골랐다. 골목길 밖으로 슬쩍 고개를 내밀고 동정을 살펴보고는 벽에 바짝 붙어서 이동했다. 좀비들은 소리를 들으면 몰려드는 습성이 있었다. 다행히 최근 나온 좀비 영화처럼 뛰지는 않았지만 집요하리만치 잘 걸었다. 바람에 날린 전단지 조각이 하늘로 날아갔고, 근처 교회의 무너진 첨탑이 앞쪽을 가리고 있었다. 인기척이 없는 걸 확인한 진혁은 후다닥 달려서 무너진 첨탑의 잔해를 뛰어넘었다. 그러자 간판이 꺼진 네일샵과 카페가 보였다. 갑작스럽게 나타나 순식간에 휩쓸어버린 모잠비크 바이러스 때문에 일상이 산산조각 난 흔적이었다. 진혁 역시 가족들과 연락이 안 된지 꽤 되었다는 사실을 애써 지우려고 노력했다. 문득 휴가 때마다 장가를 가라고 잔소리를 하던 어머니의 얼굴이 떠올랐다. 소식이 끊긴 가족들을 찾는다고 탈영한 동료가 몇 명 있었다. 처음에는 어리석다고 비웃었지만 지금은 생각이 조금 달라졌다. 만약 어머니와 연락이 되어서 어디 있는지만 알면 당장 가고 싶은 마음이 굴뚝같았다. 하지만 불가능했다. 그래서 어머니 대신 다른 사람들을 지키기 위해 움직이고 있다고 생각했다. 진혁은 주변을 살피며 조심스럽게 발걸음을 옮겼다.

바짝 붙여서 주차된 시내버스를 지나자 큰 사거리가 나왔다. 왼쪽 길이 개천으로 가는 길이고 오른쪽이 생존자들이 좀비들과 마주친 마트 방향이었다. 큰 길로 가는 건 위험할 것 같아서 주민센터가 있는 좁은 길로 가기로 했다. 붉은색 SM 3 한 대가 치킨집을 들이받은 채 멈춰서 있는 게 보였다. K-15 기관총의 안전장치를 푼 진혁은 주민센터 문을 박차고 나온 좀비에게 한 방 먹였다. 아랫배가 관통당한 좀비는 썩어버린 내장이 줄줄 흘러내리는 것을 아랑곳하지 않게 계단을 내려오다가 머리에 한 발 더 맞고 쓰러졌다. 좀비들은 소리에 민감하고 항상 떼를 지어 다니기 때문에 일단 움직여야만 했다. 골목길을 전력 질주로 달리던 진혁은 등 뒤에서 꾸엑 하는 소리를 듣고는 뒤도 돌아보지 않고 달렸다. 설상가상으로 골목길이 끝나는 설렁탕집 앞에도 좀비들이 보였다. 뒤쪽과의 거리를 확인한 진혁은 K-15 기관총을 옆구리에 바짝 붙이고 방아쇠를 당겼다. 좌측에서 우측으로 부채살처럼 날아간 탄환들이 전신주와 벽에 맞고는 튕겨 나갔다. 앞을 가로막고 있던 좀비들이 대충 정리되자 뒤로 돌아서서 쫓아오던 좀비들에게도 사격을 가했다. 중간중간 끼워진 예광탄이 레이저처럼 날아가서 좀비들을 꿰뚫었다.

"으아! 죽어라! 죽어!"

바닥에 탄피가 쏟아지는 와중에 좀비들이 픽픽 쓰러졌다. 마침내 서 있는 좀비들이 없는 걸 확인한 진혁은 한숨을 돌리고 돌아섰다.

"씨발!"

눈앞에 머리가 반쯤 날아간 좀비와 마주쳤다. 살이 썩어 문드러진 악취를 느낄 사이도 없이 본능적으로 이빨로 물려는 상대방을 피해 뒷걸음질 쳤다. 눈앞까지 다가온 좀비의 이빨을 간신히 피한 진혁은 들고 있던 K-15 기관총의 접철식 개머리판으로 턱을 한 대 후려치고는 가슴팍에 발길질을 했다. 퍼석하는 소리와 함께 힘없이 떠밀려간 좀비가 간신히 균형을 찾았다. 진혁은 다시 덤벼들려던 좀비에게 탄환이 다 떨어질 때까지 방아쇠를 당겼다. 상체가 뜯겨져 나간 좀비의 잔해들이 골목길의 아스팔트 바닥에 뿌려졌다.

굵은 땀방울이 스며들면서 눈가가 쓰라려왔다. 서서 손끝으로 눈을 비비던 진혁은 누군가 뒤에서 어깨를 붙잡자 화들짝 놀랐다.

"으악!"

놀라서 돌아본 그의 귀를 김 상사가 잡고 흔들었다.

"넌 대체 언제 철이 들 거냐? 얼른 탄창 교환해. 임마."

팀원들이 사주 경계를 하는 사이 진혁은 K-15 기관총의 탄창을 교환했다. 백 발이 들어가는 캔버스 탄창을 끼우자 김 상사가 30발짜리 탄창을 하나 건네줬다.

"좀비들이 나타나서 다 흩어지고 몇 명만 마트 옆 골목에 있는 짓고 있던 다세대 주택으로 들어갔데."

"버틸 수 있답니까?"

노리쇠를 당겨서 K-15 기관총을 장전한 진혁의 물음에 김 상사가 고개를 저었다.

"1층이 주차장이라 문만 막고 있으면 되긴 하는데 탄환이 거의 다 떨어져서 빨리 와달란다."

잠깐 생각을 한 진혁이 말했다.

"우리가 놈들을 반대쪽으로 유인하는 건 어떨까요?"

"어느 쪽으로?"

"개천가 쪽으로 끌고 가면 되잖아요."

진혁의 얘기를 들은 김 상사가 대답했다.

"그게 낫겠네. 앞장서."

"알겠습니다."

K-15 기관총을 다시 고쳐 든 진혁이 앞장서자 김 상사가 외쳤다.

"출발. 사주 경계 똑바로 해."

통신기를 매고 있는 조 하사를 가운데 두고 팀원 다섯 명이 마트 쪽으로 뛰어갔다. 인적이 끊긴 거리는 제멋대로 세워진 차들과 쓰레기들로 가득했다. 당시의 급박함이 그대로 느껴지는 풍경이었다. 좀비들이 사라진다고 해도 이제 다시는 예전으로 돌아갈 수 없다는 생각에 진혁은 가슴이 아팠다. 그런 마음을 알아차렸는지 뒤에서 김 상사의 호통이 들렸다.

"야! 정신 안 차려! 좀비한테 콱 물려야 정신 차리겠어?"

퍼뜩 정신을 차린 진혁은 주변을 살피며 속도를 높였다.

교차로를 하나 더 지나자 좀비들과 생존자들의 시신이 보였다. 진혁과 팀원들은 새로 지정된 교전 규칙에 따라 쓰러진 생존자들의 머리에 총알을 한 방씩 먹였다. 사망 후 좀비로 부활하는 데 하루 정도가 걸리는 것으로 알려져 있지만 사람에 따라서는 30분 만에 변하기도 했기 때문이다.
시신들을 살펴보던 진혁은 피투성이 손에 발목이 잡혔다.
피범벅이 된 열 살쯤 된 사내아이는 한쪽 다리가 뜯겨져 나
간 채 울고 있었다.
"군인 아저씨. 살려주세요. 너무 아파요."
놀란 진혁이 김 상사를 바라봤다. 창백한 얼굴의 노 상사가
고개를 저었다. 진혁은 한쪽 무릎을 꿇고 울고 있는 아이의
머리를 쓰다듬어주었다.
"미안하다. 눈 감으면 금방 끝내줄게."
훌쩍거리며 울던 아이가 두 손으로 눈을 가렸다. 진혁은 아
이의 머리를 겨누고 방아쇠를 당겼다. 둔탁한 총소리와 함
께 훅 밀려온 화약 냄새 사이로 시큼한 피 냄새가 느껴졌
다. 기운이 쭉 빠진 진혁이 한숨을 쉬는데 김 상사가 호통
을 쳤다.
"뭐해? 빨리 안 뛰어?"
김 상사의 재촉에 진혁은 방금 전 총을 쏜 아이에게 미안하
다는 말을 되뇌면서 뛰어갔다. 길거리의 시신들은 더 많아
졌고, 총성 역시 늘어났다. 생존자들이 들어간 마트 입구는
쌀 포대가 방벽처럼 쌓여 있었다. 아마 그곳을 피난처로 택
한 사람들이 만든 것 같았다. 좀비들이 세상을 휩쓴 마지막
에는 생필품을 두고 생존자끼리도 다툼을 벌였다. 그래서
좀비 다음으로 많이 싸운 상대가 바로 폭도들이었다. 얼마
전까지 넥타이를 매고 회사를 다니던 회사원이나 공무원증

을 목에 걸고 다니던 공무원들이 대걸레 자루에 식칼을 테이프로 고정한 창을 휘두르며 다른 생존자들과 싸웠다. 심지어 총을 노획해서 사용하기도 했다. 폭도들의 행태에 어이가 없어진 진혁과 팀원들은 두목을 붙잡아서 수류탄을 붙인 채 좀비들에게 떠밀어버린 적도 있었다. 답답해진 마음에 마트 쪽을 바라보는데 유 하사가 도로 앞쪽을 가리키며 소리쳤다.

"저쪽입니다!"

마트 주변으로 시신들과 좀비들이 보였고, 길 건너편 교회 옆에도 좀비들이 몰려있는 게 보였다. 김 상사가 서둘러 말했다.

"진혁이랑 내가 개천 쪽으로 유인한다. 장 중사는 조 하사랑 유 하사를 데리고 저기 교회에 짱 박혀 있다가 남은 좀비들 처리하고 생존자들 이동시켜."

장 중사에게 지시를 내린 김 상사가 한쪽 무릎을 꿇고 K-320 유탄 발사기를 겨냥했다. 심호흡을 한 김 상사가 방아쇠를 당기자 40밀리 공중 폭발 유탄이 모여 있던 좀비들의 머리 위에서 폭발했다. 파편이 비처럼 쏟아지면서 마트 주변을 서성거리던 좀비들을 쓰러트렸다. 탄피를 뽑아낸 김 상사는 다시 한 발을 장전해서 발사했다. 이번에도 모여 있던 좀비들의 머리 위에서 폭발했다. 그걸 본 진혁이 너스레를 떨었다.

"이야, 여단 최고의 유탄사수답네요."

"시끄러. 기껏해야 열 놈밖에 못 잡았잖아."

"그래도 이제 좀비들이 우릴 보잖아요."

강철 파편의 비를 뒤집어쓰고 쓰러진 좀비들이 몸부림을 치면서 괴성을 질렀다. 그러자 다른 좀비들이 하나둘 씩 진혁과 노 상사를 바라봤다. 그걸 본 진혁이 손짓을 하면서 소리를 질렀다. 그 사이 김 상사가 남은 유탄들을 쐈다. 연달아 공중에서 터진 유탄의 파편에 좀비들이 쓸려나갔다. 하지만 남은 좀비들은 두려워하거나 몸을 피하지 않고, 곧장 두 사람에게 달려들었다. 유탄을 모두 써버린 김 상사가 K-320 유탄 발사기를 어깨에 둘러맸다. 그리고 진혁에게 소리쳤다.

"안 뛰고 뭐해?"

"신호를 줘야지 뛰죠."

"너는 정말 이 와중에도 말대꾸냐?"

두 사람은 개천가 쪽으로 좀비들을 유인했다. 바닥에 떨어진 피아노학원 간판을 훌쩍 뛰어넘은 진혁은 뒤쫓던 좀비들과의 거리를 대충 가늠하고는 멈춰 서서 숨을 골랐다. 숫자가 제법 불어난 좀비들이 골목길을 가득 메웠다. 진혁은 옆에서 숨을 헉헉대는 김 상사에게 말했다.

"생각보다 우리가 유인을 잘한 모양인데요?"

"쓸데없는 소리 하지 말고 얼른 다리까지 뛰어."

개천가에 놓인 다리로 뛰어가던 진혁은 반대편에서 들려오는 으르렁거림에 걸음을 멈췄다. 다세대 주택과 빌라가 모여 있는 다리 건너편에서 몰려온 좀비들이 가득 차 있는 게 보였기 때문이다.

"망했다."

"좀 더 전략전술적인 용어도 있잖아. 포위당했다든지, 퇴로가 막혔다든지."

김 상사의 핀잔에 진혁이 바로 말을 바꿨다.

"포위당했습니다."

"개천 아래로 내려가. 어서."

김 상사가 다리 아래로 이어진 계단을 가리켰다. 다리 초입에 붙어 있는 계단으로 돌아간 진혁은 좀비들의 손길을 아슬아슬하게 뿌리치고 계단 밑으로 뛰어 내려갔다.

"엄마야."

먼저 내려간 김 상사가 몸을 돌리더니 뭔가를 머리 위로 던졌다. 그걸 본 진혁이 기겁했다.

"뭐, 뭡니까?"

"수류탄!"

진혁은 김 상사의 외침에 손으로 귀를 가리고 바닥에 엎드렸다. 폭음과 함께 계단 중간이 날아가면서 뒤쫓아 내려오던 좀비들이 우수수 아래로 떨어졌다.

"인공 폭포가 아니라 좀비 폭포네."

"고만 감상하고 좀 움직이지? 쟤들 금방 내려올 거 같은데?"

김 상사의 핀잔대로 떨어진 좀비 위로 다른 좀비들이 떨어졌다. 그러면서 일종의 쿠션 역할을 해줘서 그 다음 좀비들은 데굴데굴 굴러서 떨어진 후에 멀쩡하게 일어났다.

"망할."

아직 충격파 때문에 정신을 차리지 못하는 진혁을 잡아 일으킨 노 상사가 소리쳤다.

"얼른 일어나. 녀석들 내려오기 전에 벗어나야 해."

몸을 일으킨 두 사람은 개천가 도로 위에서 아우성을 치는 좀비들을 보며 정신없이 뛰었다. 그 와중에 김 상사가 숨을 헐떡거리며 말했다.

"저 앞에 아까처럼 위로 올라갈 수 있는 계단이 있어. 거기로 올라가자."

"저기요? 좀비들이 먼저 와있는데요?"

앞쪽을 본 진혁이 달리기를 멈추고 허탈하게 말했다. 개천가 도로는 물론 다리 위까지 점령한 좀비들이 두 사람을 향해 울부짖는 모습이 보였기 때문이다. 더 뛰어야 하나 생각하는데 맞은편에서도 한 무리의 좀비들이 밀려오는 게 보였다. 서둘러 탄약을 확인했지만 몰려온 좀비들의 반의 반도 못 죽일 것 같았다. 허탈해진 진혁이 하늘을 올려다보고 있는 김 상사에게 말했다.

"람보처럼 싸우다가 장렬하게 자폭하는 거 어때요? 그래도 우리가 몇 사람은 구한 거죠?"

"엎드려?"

"네?"

"젊은 놈이 말귀를 못 알아들어. 엎드리라고. 소리 안 들려?"

김 상사가 어리둥절해하는 진혁의 머리를 눌렀다. 그때서야 비행기 엔진음을 들은 진혁은 바닥에 납작 엎드렸다. 두 대의 OA-10 썬더볼트 II 지상 공격기가 구름을 뚫고 모습을 드러냈다. 그리고 개천가 도로에 빽빽이 모여 있는 좀비들을 향해 기수에 장착된 30밀리미터 GAU-8 어벤저 기관포를 발사했다. 드르륵거리는 소리와 함께 좀비들의 몸이 갈기갈기 찢겨지고 부서져나갔다. 도로 옆의 집들도 무사하지 못했다. 굉음을 내며 무너진 담장과 대문이 쓰러져 좀비들을 덮어버렸다. 기수를 위로 치켜들고 고도를 높인 썬더볼트 II 지상 공격기들은 다시 돌아와서는 다리에 있는 좀비들에게 날개에 부착된 AGM-65 매버릭 미사일들을 발사했다. 다리 중간에 미사일이 명중하면서 불길이 치솟았고 불에 탄 좀비들이 개천으로 떨어졌다. 가운데가 끊긴 다리 역시 그대로 주저앉았다. 단숨에 좀비들을 청소한 썬더볼트 II 공격기들은 날개를 흔들면서 남쪽으로 사라졌다. 얼떨떨해진 진혁이 김 상사에게 물었다.

"어디서 온 녀석들입니까?"

부니햇을 벗고 이마의 땀을 닦은 김 상사가 대답했다.

"군산에서 온 미군 애들인가 봐. 지난주에 해병대 애들이 군산 공항을 탈환했잖아."

"아씨, 멋지게 한판 싸우려고 했는데."

벌렁 누운 진혁은 낄낄대며 말했다. 뭐라고 한마디하려던
김 상사도 그 옆에 벌렁 누워버렸다.

"아직 기회는 많아. 오늘 공격당한 생존자 중에도 절반은
좀비로 변할 걸."

"그나저나 우리 위로 올라가려면 다른 다리 찾아야 하죠?
얼마나 더 가야 해요?"

"다음 다리는 좀 멀어. 한 3킬로미터쯤?"

"아이구."

부니햇을 구겨 쥔 진혁이 한숨을 쉬었다. 좀비들이 가득한
세상은 끔찍하게 변했지만 하늘만큼은 여전했다.

2

진혁이 소속된 김 상사의 팀에 여의도 국회의사당에 남아 있는 국회의원 일가족을 구출하라는 지시가 떨어졌다. 지뢰와 급조폭발물인 IED를 막기 위해 개발된 MRAP을 타고 가라는 말에 진혁은 어이가 없어서 반문했다.

"아니, 가산디지털단지 쪽은 연료가 없어서 못 간다면서 더 멀리 있는 여의도로 갈 연료는 있습니까? 거기다 MRAP이면 연료도 몇 배는 더 퍼먹을 텐데요."

돌아온 대답은 그가 3선의 중진의원이라는 것이었다. 그것과 구출 작전의 연관성은 도저히 알 수 없었지만 대답을 한 김 상사 역시 딱히 납득한 표정은 아니라서 그냥 넘어갔다.

"세상이 뒤집어져도 힘 있는 놈, 없는 놈 구분하네. 젠장,"

막내 유 하사가 운전하는 MRAP을 타고 여의도 국회의사당에 도착했을 때는 더 가관이었다. 그곳은 서울 북부에서 넘어온 생존자들을 수용하기 위한 방어 시설이 구축되어 있었다. 하지만 대부분은 제대로 먹거나 마시지 못하는 상태였다. 생존자들도 마찬가지였다. 하지만 건물 안에 있던 국회의원과 보좌관, 가족들은 상태가 좋았다. 3선의 국회의원과 부인, 철부지로 보이는 아들과 딸, 그리고 개 두 마리가 이송 대상자였다. MRAP이 도착하자 자기랑 가족들도 데리고 가달라는 사람들이 몰려들어서 병사들이 떼어놓기에 바빴다. 심지어 그들과 함께 지내던 보좌관들도 함께 동행하지 못했다. 수석보좌관으로 보이는 인물이 막내 인턴이라도 데리고 가달라고 부탁했지만 냉정하게 거절당했다. 그걸 본 진혁은 심기가 불편했다.

"개새끼는 데려가면서."

타고 나서도 잔소리는 이어졌다. 자기를 늦게 데리고 간 것에 대한 불만이었는데 민간인 생존자들이 어떤 상황에 처했는지 알던 진혁은 차마 듣기가 괴로울 정도였다. 그나마 김 상사가 달랬다.

"김포공항까지 빨리 가자. 입 다물고 있어."

그렇게 도로를 달렸다. 도로 상태 역시 좋지 않았는데 사태 초기에 패닉에 빠진 사람들이 무작정 차를 끌고 나오면서 도로가 온통 차로 가득 차 버렸다. 오도 가도 못한 상태에서 좀비들이 나타나자 차를 버리고 도망치면서 도로는 차량으로 막혀버렸다. 그래서 초기 작전 때 막대한 지장이 있었다. 헬기로만 이동할 수 없었기 때문이다. 거기다 차량 안에서 좀비로 변해버린 사람도 있었고, 차 뒤나 옆으로 숨으면 가까이 다가와도 모를 수 있었다. 다행히 여의도에서 김포공항은 생존자들의 주요 이송 통로라서 도로가 비교적 깨끗했다. 여의2교를 지나 노들길로 접어들면서 긴장감이

살짝 누그러들었다. 조수석에 앉아서 전방과 우측을 감시
하던 진혁은 툭 튀어나온 차량의 잔해를 보고도 그대로 직
진하는 유 하사에서 소리쳤다.

"조심해!"

진혁의 외침에 핸들을 잡은 막내 유 하사가 급하게 옆으로
틀었다. 도로를 반쯤 가로막고 있던 승용차를 뒤늦게 본 것
이다. 쿵 하는 소리와 함께 승용차가 옆으로 밀려났고, 그
들이 타고 있던 MRAP에도 진동이 왔다. 그러자 뒷자리에
타고 있던 국회의원 임기상이 짜증을 냈다.

"거, 운전 똑바로 못 해."

그가 가족들과 탈 때부터 마음에 들지 않았던 진혁은 조수
석에 앉아 있다가 뒤를 돌아봤다. 그러자 김 상사가 눈치
빠르게 가로막고는 낮은 목소리로 말했다.

"돌아보지 마. 임마."

"자꾸 신경 쓰이게 만들잖아요. 우리가 무슨 운전기사도
아니고."

"까라면 까야지 뭔 말이 많아. 빨리 김포공항까지 보내고
쉬자."

상황이 악화되자 쳐들어오는 좀비를 막는 것보다 생존자
들을 안전한 곳으로 모아서 보호하는 쪽으로 작전이 바뀌
었다. 평택을 비롯해서 군 기지에 생존자들을 수용하기 시
작했고, 미처 서울을 탈출하지 못한 생존자들은 다양한 방
법으로 구출해냈다. 단정을 몰고 한강을 올라가서 선유도

에 갇힌 생존자들을 데리고 나오기도 하고, 헬기를 이용해서 아파트 옥상에 고립되어 있던 일가족을 구출하기도 했다. 하지만 성공 사례보다 실패 사례가 더 많아졌고, 연료와 물자가 떨어져가면서 구조 신호를 외면해야 하는 상황에 처했다. 그런데 이 와중에도 여전히 거들먹거리고 갑질을 하는 국회의원을 보자 짜증이 난 것이다. 그런 진혁의 어깨를 토닥거린 김 상사가 고개를 돌려서 말했다.

"최대한 빨리 가려면 어쩔 수 없습니다. 꽉 잡으십시오."

마치 대답이라도 하듯 강아지들이 짖어댔다. 국회의원 임기상의 부인으로 보이는 여자가 강아지들을 달래줬다. 딸과 아들 역시 생각이 없는 개망나니 같았다. 딸은 제주도에도 클럽이 있었으면 좋겠다는 말을 늘어놨고, 아들은 이 와중에 좌석에 늘어져서 쿨쿨 잠을 잤다. 너무 태평한 거 아니냐고 생각했지만 차라리 잠든 게 낫다고 생각했다. 올림픽대로 옆의 노들길을 계속 달렸다. 직진하면 성산대교와 양화대교로 간다는 표지판을 지나가자 왼쪽으로 삼성래미안아파트가 보였다. 한강이 내려다보였던 아파트는 반쯤은 불에 탔고, 유리창이 모두 깨진 흉측한 몰골로 남았다. 좀비 사태가 터지는 초반, 서글프게도 집값이 떨어지는 것 아니냐는 걱정을 한 네티즌이 있었다. 이 와중에 집값 걱정이냐는 조롱에 네티즌은 자신의 집이 당산동 삼성레미안 아파트라면서 이 집이 얼마 짜리인 줄 아느냐고 응수했다. 쓴웃음을 지은 진혁이 핸들을 잡은 유 하사에게 물었다.

"저기 집값은 이제 얼마나 할까?"

"줘도 안 가지겠죠."

"그렇겠지."

좀비 사태 초기 적지 않은 아파트 주민들이 자기 집은 자기가 지킨다면서 일종의 자경대를 꾸렸다. 하지만 쏟아져 들어오는 좀비들을 막을 수는 없었고, 대부분은 좀비로 변해서 자신이 그렇게 아끼던 집 주변을 떠도는 신세가 되어버렸다. 2호선이 다니던 당산철교가 보일 무렵 나무에 가려졌던 한강이 보였다. 가려졌던 올림픽대로와 다시 합류할 즈음 도로가 다시 복잡해졌다. 공병대가 차들을 치웠지만 그후에도 이런저런 이유로 차들이 들어왔다. 핸들을 잡은 유 하사가 김 상사에게 물었다.

"어떡하죠?"

"그냥 들이받아. 이 차는 차고가 높아서 핸들 잘못 돌리면 전복된다."

"알겠습니다."

육중한 엔진 소리를 낸 MRAP이 도로 위의 차들을 계속 들이받았다. 쿵쿵거리는 소리를 내며 차들이 튕겨나갔다. 별의별 상황을 다 겪은 진혁에게는 놀랄 만한 일도 아니었지만 뒤쪽에 탄 국회의원과 그 가족들은 꽤 놀란 것 같았다. 특히 개들이 예민한지 계속 짖어대자 국회의원 부인이 말했다.

"살살 좀 몰아요. 우리 해피가 놀라잖아요."

그 얘기를 듣고 어처구니가 없어진 진혁이 주먹을 불끈 쥐었다. 그때 도로를 완전히 가로막은 시내버스가 보였다. 그걸 본 유 하사가 브레이크를 밟았다. 타이어가 찢어지는 소리를 내면서 급정거를 하자 임기상이 앞으로 넘어졌다. 일어나면서 짜증을 낸 그가 소리쳤다.

"갑자기 밟으면 어떡해!"

진혁이 조수석에서 일어나면서 소리쳤다.

"앞에 시내버스가 가로막고 있었습니다. 그냥 충돌했으면 넘어진 정도로 안 끝났을 겁니다."

진혁의 말에 임기상 의원을 부축하던 부인이 소리쳤다.

"우리 남편한테 왜 소리를 질러! 너 미쳤어!"

어처구니가 없어진 진혁이 아랫입술을 질끈 깨물었다. 김 상사도 짜증이 났는지 그쪽은 쳐다보지도 않고 진혁에게 말했다.

"운전석에 올라가서 시동 걸어 봐."

"알겠습니다."

K-2C 소총을 챙긴 진혁은 유 하사가 버튼을 눌러서 열어 준 문을 통해 밖으로 나왔다. 춥지도 덥지도 않은 계절이었지만 좀비 사태 이후에는 항상 공기가 눅눅했다. 코를 살짝 움찔거린 진혁은 주변을 살펴봤다. 상부 터렛으로 올라와서 K-6 중기관총을 잡은 장 중사가 주변을 살폈다.

"주변은 깨끗합니다."

"깨끗하긴 뭐가 깨끗해. 개판이구만."

진혁의 농담에 장 중사가 키득거리며 장전 손잡이를 당겼다. 주변을 살핀 진혁은 시내버스 쪽으로 향했다. 주변에 좀비는 없지만 도로 한 복판이라 차와 가로수에 막혀서 주변 관측이 쉽지 않았다. 거기다 사람들의 왕래가 많았던 곳이라 불안하기도 했다. K-2C 소총을 움켜쥔 진혁은 조심스럽게 시내버스로 접근하면서 서 있는 자동차의 아래쪽과 건너편을 유심히 살폈다. 숨어 있는 좀비가 없다는 걸 확인한 진혁은 시내버스를 살폈다. 운전석과 조수석은 비어있었고, 피나 살점 같은 것도 묻어 있지 않았다.

"안에 좀비는 없나 보군."

한시름 던 진혁은 K-2C 소총을 어깨에 매고 두 손으로 시내버스의 문을 밀었다. 하지만 뭔가에 걸려 있는지 꿈쩍도 하지 않자 조끼에 끼워둔 작은 망치로 유리를 깼다. 남은 유리 조각들을 장갑 낀 손으로 털어내고 안을 들여다본 진혁은 깜짝 놀라서 비명을 지를 뻔했다.

"누, 누구야?"

의자 밑에 숨어 있다가 진혁을 본 여자아이 둘이 손을 들었다.

"살려주세요. 아저씨. 우리 좀비 아니에요."

"둘만 있는 거야?"

진혁의 물음에 여자아이 중에 키가 큰 아이가 울먹거렸다.

"엄마랑 같이 있었는데 아까 어디론가 가셨어요."

"너희를 버리고?"

놀랄 만한 일도 아니었다. 좀비 사태가 터지고 아수라장이
되자 끝까지 함께한 가족들이 있던 반면, 혼자만 살기 위해
가족들을 버리고 도망치는 경우도 많았다. 특히 빨리 뛰지
못하고 거추장스러운 아이들을 버리고 갔다. 굳어진 진혁
의 표정을 본 작은 여자아이가 말했다.

"아니에요. 좀비들이 나타나서 도망치다가 물리셨어요. 우
리보고 버스 안에 숨으라고 하고는 멀리 뛰어가신 거에요."

"너희를 물지 않으려고 그런 거구나."

좀비에게 물린 엄마는 아이들이라도 살리기 위해 멀리 뛰
어간 것이다. 아마 좀비로 변하기 전까지 숨이 턱에 차도록
뛰었을 것이다. 그리고 좀비가 되어서 세상 어디론가 사라
져버렸을 것이다. 안타까움에 아랫입술을 깨문 진혁이 물
었다.

"이름이 뭐니?"

그러자 키가 큰 여자아이가 물었다.

"전 혜진이고요. 얘는 제 동생 혜원이에요. 김혜진, 김혜원
이요."

"아저씨랑 같이 가자."

"어디로 가시는데요?"

"김포공항. 거기에 생존자들을 위한 캠프가 있어."

"들었어요. 엄마도 우릴 거기로 데려가려고 하셨거든요."

의자 밖으로 나온 혜진이 여동생을 데리고 나온 후에 무릎
에 묻은 흙을 털어줬다. 그 사이 시내버스의 유리창을 부숴

서 둘이 빠져나올 수 있게 한 진혁은 얼른 뛰어가라고 손짓을 했다. 그리고 운전석 쪽으로 가서 움직일 수 있는지 들어가서 살펴봤다. 다행히 차키가 꽂혀져 있었다. 차종이 현대 에어로시티였고, 운행 훈련을 받아본 적이 있었다. 진혁은 기억을 더듬기 위해 운전석에 앉아서 중얼거렸다.

"왼쪽 계기판에 있는 메인 스위치를 당겼다가 눌러서 전기장치를 켜고, 차키를 두 칸 돌려서 시동을 걸면 예열된다는 메시지가 들리지."

음성 메시지를 확인한 진혁은 기어를 중립으로 놓고 브레이크의 에어가 다 차기를 기다렸다가 엑셀을 살살 밟았다. 한 번 움찔하던 버스가 천천히 움직였다. 앞으로 움직인 버스가 가드레일을 들이받으면서 부서지는 소리가 들렸다. 천천히 뒤로 후진해서 공간을 확보한 다음 다시 앞으로 가서 차선과 수평이 되도록 움직였다. 가운데로 MRAP이 빠져나갈 공간 정도가 나오자 진혁은 얼른 시동을 끄고 밖으로 나왔다. 다행히 근처에 좀비들은 보이지 않았다. 서둘러 뛰어가는데 혜진이와 혜원이가 차에 타지 못하고 밖에 우두커니 서 있는 게 보였다. 마음이 급해진 진혁이 소리쳤다.

"안 들어가고 뭐해?"

"아저씨가 들어오지 말래요."

"누가?"

짜증이 난 진혁이 문 안쪽을 들여다보자 아까까지 쿨쿨 자고 있던 국회의원의 아들이 앞을 가로막고 있는 게 보였다.

"비켜!"

진혁이 소리쳤지만 국회의원 아들은 혀 짧은 소리를 냈다.

"걔들은 태우면 안 돼."

"무슨 소리야!"

"자리가 없다고, 자리가."

어처구니가 없어진 진혁이 코웃음을 쳤다.

"씨발, 자리가 없긴. 이러고 노닥거릴 시간 없어."

"안 된다고."

침까지 질질 흘리면서 장난스럽게 얘기한 국회의원 아들을 본 진혁은 버럭 고함을 쳤다.

"안 비키면 버리고 간다."

그때 상부 터렛에 있던 장 중사가 소리쳤다.

"전방에 좀비!"

그리고 바로 K-6 중기관총을 쐈다. 퉁퉁거리며 날아간 12.7밀리 탄의 굉음에 방금 전까지 기세등등하던 국회의원의 아들이 괴성을 지르며 두 손으로 머리를 감쌌다. 진혁은 그 틈에 혜진이와 혜원이를 들어서 안에 태웠다. 그리고 문을 닫으며 소리쳤다.

"유 하사! 밟아!"

MRAP이 속도를 높이며 방금 돌려세운 버스 옆을 지나갔다. 우당탕거리는 소리가 들리며 버스 유리창이 깨지고 차체가 찌그러지는 소리가 들렸다. 진혁은 혜원이와 혜진에게 꽉 잡으라고 소리치고는 조수석에 앉았다. 4차선 도로를 가득 메우고 다가오는 좀비들을 본 진혁은 얼굴을 찡그렸다. 정면 돌파하는 수밖에는 없지만 상대방은 피하거나 물러서지 않는 좀비들이었다. 치고 가다가 뭔가 걸려서 차가 넘어지거나 멈추면 그걸로 끝이었다. 더군다나 MRAP은 무겁고 차고가 높아서 속도도 잘 안 나고 넘어지기 쉬웠다. 남은 건 해외 파병 때 MRAP을 몰아 본 적이 있다고 한 유 하사의 운전 솜씨와 운뿐이었다. 아까 문 앞을 가로막았던 국회의원의 아들은 바닥에 누운 채 횡설수설하는 중이었다. 그걸 본 진혁이 짜증을 났다.

"저놈은 왜 갑자기 저 지랄이야."

"환각제 금단 증상 같아."

김 상사의 말에 진혁이 눈을 깜빡거렸다.

"뭐라고요? 이 와중에 약을 했단 말입니까?"

"하고도 남지. 사촌 동생이 의사라서 얘기 들은 적이 있어."

"환장하겠네. 밖에는 좀비, 안에는 뽕쟁이라니."

그 사이 좀비들과 MRAP이 정면충돌했다. 충돌 전까지 입을 벌린 채 다가오던 좀비들은 3D 영화의 한 장면 같았다. 차가 살을 짓이기는 소리와 함께 유리창에 피와 살점들이 달라붙었다. 놀란 유 하사가 와이퍼를 움직였다. 겨우 시야가 확보된 가운데 상부 터렛에 있던 장 중사가 소리쳤다.

"오른쪽에 승용차! 부딪칠 것 같아!"

김 상사가 다들 꽉 잡으라는 소리와 함께 충돌음이 들렸다.

MRAP이 뒤집어질 것 같이 요동치자 진혁은 눈을 살짝 감았다. 여기서 넘어지면 끝장이었기 때문이다. 천만다행으로 요동치던 차체는 다시 균형을 잡았다. 그러면서 좀비 무리들의 대열도 끝나버렸다. 갑자기 탁 트인 도로를 본 진혁이 환호성을 질렀다.

"살았다!"

하지만 김 상사와 팀원들은 살았다는….

한참을 달린 MRAP은 양화대교를 지나 염창역 근처에 도착할 때쯤 멈췄다. 전면 유리창을 뒤덮은 좀비들의 잔해와 피를 닦아내야만 했기 때문이다. 장 중사가 주변에 아무것도 없다고 하자 진혁이 안쪽을 살펴보다가 임기상에게 다가갔다. 아내와 꼭 끌어안고 있던 그가 눈을 껌뻑거렸다.

"상의 좀 벗어주십시오."

양복 차림의 그가 눈을 껌뻑거렸다. 그러자 진혁이 다시 말했다.

"유리창을 닦아야 하니까 옷 좀 벗어주십시오."

"아니, 이게 얼마 짜린 줄 알아!"

임기상의 말에 아내까지 거들고 나섰다.

"아니 왜 우리 남편 옷으로 닦아요!"

거기다 팔짱을 낀 딸이 군바리 운운하면서 콧방귀를 뀌었다. 어처구니가 없어진 진혁이 김 상사를 바라봤다. 김 상사 역시 딱히 할 말이 없다는 듯 바라만 봤다. 그때 바닥에 누워 있던 임기상의 아들이 벌떡 일어났다.

"저 계집애들 옷으로 닦으면 되잖아."

그러면서 혜원이에게 다가가 웃옷을 들췄다. 놀란 혜원이가 비명 지르는 걸 본 진혁이 순간적으로 발길질을 했다.

"이 미친놈이!"

발에 차인 임기상의 아들이 앞문 쪽에 처박히자 딸이 벌떡 일어났다.

"이런 군바리 새끼들이 내 동생을 때려!"

그리고 상부 터렛에서 내려와 막으려는 장 중사에게 소리를 쳤다.

"손 대지마! 어디다가 감히 손을 대!"

임기상과 부인 역시 가만 놔두지 않겠다고 날뛰었다. 그러자 진혁이 김 상사를 바라봤다.

"잠깐 모른 척해주십쇼."

"나도 모르겠다. 알아서 해."

김 상사가 딴청을 피우자 진혁은 삿대질을 하는 임기상의 손을 잡고 꺾어버렸다. 그리고 놀라서 달려드는 부인의 목을 다른 손으로 움켜잡았다. 그러자 장 중사와 유 하사, 그리고 지켜보던 조 하사가 일제히 권총을 뽑았다. 순식간에 분위기가 돌변하자 임기상은 입을 다물었다. 진혁은 그런 임기상을 노려봤다.

"세상이 어떻게 돌아가는데 갑질이야? 어?"

"그, 그게 아니라."

임기상이 황급히 변명하려고 했지만 진혁이 먼저 말했다.

"나가."

"뭐, 뭐라고?"

"니들 안 태울 거니까 나가라고."

진혁이 돌아보자 유 하사가 얼른 앞문을 열었다. 두 사람을 내팽개친 진혁이 문가에 쓰러져 있던 아들을 발로 차서 밖으로 떨어트렸다. 그리고 벌벌 떠는 임기상의 뒷덜미를 잡고 밖으로 밀어버렸다. 그리고 얼이 빠진 부인과 딸까지 밀어서 내보냈다. 쫓겨난 그들이 다가오려고 하자 진혁은 K-2C 소총을 겨누고 방아쇠를 당겼다. 아스팔트에 총알이 박히자 하얀 연기가 피어올랐다. 총소리에 놀란 국회의원 가족들이 뒷걸음을 쳤다. 앞문을 닫아버린 유 하사가 바로 출발했다. 창문으로 국회의원 가족들의 절망적인 표정이 스쳐 지나갔다. 묵묵히 있던 김 상사가 말했다.

"유리창 피를 닦느라고 잠깐 멈춰 섰을 때 아들놈이 뛰쳐나갔고, 나머지 가족들도 따라 나간 거다. 그 직후에 좀비들이 나타나서 할 수 없이 출발한 거고."

"안 믿을 거 같은데요?"

"그러면서 왜 사고를 쳐!"

김 상사가 버럭 화를 내자 진혁이 대답했다.

"좀비보다 못하잖아요. 하다못해 개들도 갑질은 안 하는데 말이죠."

진혁의 농담에 다른 팀원들이 키득거렸다. 그러자 김 상사가 어처구니없다는 표정을 지었다.

"일단 출발해. 애들 뒷자리에 잘 앉히고."

진혁이 울고 있는 혜원과 달래주는 동생 혜진을 데리고 뒷자리로 갔다. 그리고 한쪽 무릎을 꿇고 다정하게 말했다.

"엄마 대신 김포공항으로 데려다줄게. 대신 아무것도 본 거 없다. 알았지."

혜원이 울면서 고개를 끄덕거리자 진혁이 씩 웃으며 일어났다. 그리고 조수석으로 가서 앉았다.

3

"그렇게 된 겁니다."

진혁은 귀를 긁으면서 얘기를 마쳤다. 무표정한 얼굴의 조사관은 앞에 놓인 서류에 눈길을 한 번 던지고는 진혁을 쳐다봤다.

"앞뒤가 안 맞는 부분이 몇 군데 있는 것 같은데?"

"어디가 말입니까?"

"임기상 의원의 가족들이 내렸다는 부분, 위험한 줄 알고 있었으면서 말이야."

조사관의 물음에 진혁은 천천히 고개를 끄덕거렸다.

"아! 그 부분이요. 아들을 정말 사랑하는 것 같더라고요. 그래서 차 앞 유리창을 닦느라고 열어놓은 앞문으로 아들이 뛰쳐나가니까 말릴 틈도 없이 나갔습니다."

"다른 팀원들은?"

"저는 의원님이 벗어준 양복 상의로 앞 유리창을 닦는 중이었고요. 조 하사는 제 옆에 서서 사주 경계 중이었습니다. 유 하사는 운전석에 있었고, 장 중사는 상부 터렛에 있어서 빨리 대처가 불가능했습니다."

"김 상사는?"

"아시잖아요. 그분 진즉에 은퇴했어야 했다는 거."

"묻는 말에나 대답해!"

조사관이 카랑카랑한 목소리로 파고들자 진혁은 잠시 난감한 표정을 지었다.

"안 그래도 뭐하고 있었나 궁금했거든요. 그래서 물어보니까 졸고 있었는데요."

"뭐야?"

조사관의 얼굴이 찡그러지는 걸 본 진혁이 고개를 절레절레 흔들었다.

"저한테는 비밀을 지켜달라고 했는데 조사관님한테만 얘기하는 겁니다. 비밀입니다. 비밀."

진혁의 대답을 들은 조사관이 의자 등받이에 기댄 채 팔짱을 꼈다.

"최정예 특전사 팀이 이런 실수를 저질렀다는 게 믿기지 않아."

차갑게 파고드는 조사관의 물음에 진혁은 어깨를 으쓱거렸다.

"원숭이도 나무에서 떨어질 때가 있는 법이잖습니까. 거기다 아들이 이상했습니다."

"환각 약물에 중독되었다는 거 말이야?"

"네. MRAP에 탈 때부터 불안하고 신경질적이었습니다."

"그걸 잘 다독거렸어야지."

조사관의 얘기에 진혁이 코웃음을 쳤다.

"그럼 심리상담사나 잘 다독거릴 만한 사람을 같이 보내주셨어야죠. 특전사가 국회의원이랑 그 가족들 다독거리는 임무도 있습니까?"

"야!"

능글거리는 진혁의 대꾸에 조사관이 화를 내며 책상을 쳤다. 그러자 진혁도 지지 않고 소리쳤다.

"아니, 지금 작전 뛰고 정비하고 쉬기도 모자랄 판에 이미 엎질러진 물을 주워 담으려고 이 짓을 하는 겁니까? 지금 바깥에 좀비들이 우글거리는데 참 한가합니다."

"너, 지금 미쳤어."

소령 계급의 조사관이 일어나서 호통을 쳤다. 하지만 진혁도 지지 않고 응수했다.

"그래, 씨발, 미쳤다! 부모님이랑 동생은 연락도 안 되고 있고, 동료들은 작전 나갔다 오면 하나둘 안 돌아오는데 잠도 못 자고 이런 데 끌려와서 말이야! 너 같으면 안 미치겠어?"

진혁이 강하게 나오자 조사관이 한 발 물러났다.

"진정하라고!"

"진정 못하겠다니까! 좀비 사태 터지고 작전을 30번 넘게 뛰었는데 조사를 받은 건 이번이 처음이잖아. 국회의원 가족들 호위 임무에 실패했다고 말이야. 지난번에 평택 기지로 생존자들 데리고 올 때 3분의 1밖에 못 데려왔어. 차라리 그 일로 조사하면 억울하지나 않지."

진혁의 말에 조사관이 움찔했다.

"처벌한다는 뜻이 아니라."

"작전 몇 번 뛰었습니까?"

진혁의 갑작스러운 질문에 조사관이 우물쭈물 대답했다.

"나는 감찰 임무를 맡고 있어서."

조사관의 대답을 들은 진혁이 코웃음을 쳤다.

"작전도 안 뛰어봤으면서 뭘 평가하고 조사한다는 겁니까!"

진혁이 책상을 치면서 화를 냈다. 김 상사와 동료들이 완전히 무장한 채 주변을 어슬렁거리고 있다는 걸 잘 알고 있었기 때문이다. 조사관을 따라 병사 몇 명이 오긴 했지만 고작 권총으로 무장한 정도였다. 기지 안에서는 대략 큰 사고 아니면 묵인해주겠다는 분위기라서 예전 같으면 어림도 없었을 행동을 할 수 있었다. 하지만 무엇보다 그가 화를 낸건 다른 작전을 뛸 때는 관심도 없다가 이번 작전에 실패하자 조목조목 따지는 조사관과 그 윗선이었다.

"이 와중에 아직도 국회의원이나 재벌, 이런 거 따집니까? 씨발, 세상이 뒤집어져도 하나도 변한 게 없어. 정말."

자리에서 일어난 진혁의 외침에 조사관은 마른 침을 삼켰다. 좀비 사태가 터지고 안전한 장소에 생존자들을 모으는 작전이 진행되었다. 그리고 국회의원이나 재벌, 고위 공직자 같은 경우는 상대적으로 안전한 제주도로 후송했다. 임시 국회가 그곳으로 옮겨졌기 때문이다. 하지만 가족들이랑 애완동물까지 데리고 가면서 거들먹거리는 꼴은 도저히 그냥 넘길 수 없었다. 연락도 되지 않는 가족들을 떠올린 진혁은 조사관을 노려봤다. 조사관 역시 아마 들어오기 전의 분위기를 느꼈을 것이니 겁이 났을 것이다. 문가를 지키던 병사 하나가 밖에서 들리는 소리를 듣고 움찔했다. 그걸보고 자리에 도로 앉은 진혁이 물었다.

"아무튼 내용은 그게 전부입니다. 더 궁금하신 거 있습니까?"

창백한 얼굴의 조사관이 막 입을 열려는 찰나 똑똑거리는 소리와 함께 문이 열렸다. 상병 계급장의 병사가 들어와서는 조사관에게 뭐라고 귓속말을 했다. 헛기침을 한 조사관이 급히 서류를 챙겨서 병사와 함께 밖으로 나갔다. 문을 활짝 열어둔 채 말이다.

"이건 뭔 시추에이션?"

함정이 아닐까 하는 생각에 얌전히 앉아 있던 진혁은 결국 호기심을 참지 못하고 바깥을 슬쩍 내다봤다. 그러다 건너편 건물 처마 밑에 서 있는 그림자를 보고는 그냥 문을 닫으려고 했다.

"바람이 좋은 데 가서 산책이나 좀 할까?"

주춤거리며 나온 진혁은 상대방이 사복 차림이지만 짧게 깎은 머리를 보고는 어떻게 해야 할지 갈피를 잡지 못했다. 그러다 결국 문을 열고 밖으로 나왔다.

"누구십니까?"

진혁의 물음에 남자는 대답 대신 사복 안에 입고 있는 군복의 계급장을 보여줬다. 반짝거리는 별 두 개를 본 진혁은 바짝 얼어붙었다.

"긴장 풀게. 보고서를 읽어보고 어떤 친구인지 궁금해서 온 거니까."

"제가 호기심을 자극할 만한 스타일은 아닌데요?"

진혁의 농담에 웃음을 터트린 투 스타가 고개를 저었다.

"자넬 아는 사람들이 모두 유머 감각을 칭찬하더군. 요즘 같은 세상에 그러기는 쉽지가 않은데 말이야."

"감사합니다."

진혁의 대답에 투 스타는 가볍게 미소를 지었다. 먼 발치에서 경호원으로 보이는 친구들이 진혁과 투 스타의 일거수일투족을 관찰했다.

"조사는 이제 끝일세. 더는 귀찮을 일은 없을 거야."

"고맙습니다. 소장님."

"막아보려고 했는데 윗선의 의지가 너무 강해서 말이야. 아무튼 귀찮게 해서 미안하네."

별을 단 장성에게 사과를 받아보기는 처음이라 얼떨떨해진 진혁에게 투 스타가 물었다.

"그나저나 자넨 이번 일이 어떻게 될 것 같나? 좀비들이 이길까? 아니면 인간들이 끝내 승리할까?"

"잘 모르겠습니다."

"낙관도 비관도 아니로군. 따라오게. 재미있는 걸 보여주지."

투 스타는 진혁을 좀비 사태 이후 새로 징집된 신병들을 훈련 중인 연병장으로 데려갔다. 배가 불룩 나온 40대 중년부터 여드름이 송송 난 10대 후반의 청년들이 땀을 뻘뻘 흘리며 제식 훈련과 사격 훈련을 받는 중이었다.

"어떤가? 장비랑 복장이 좀 틀리지?"

투 스타의 물음에 진혁은 신병들을 보며 고개를 끄덕거렸다. 투 스타가 병사들을 턱으로 가리키며 말했다.

"그동안의 경험들을 토대로 좀비에게 대응할 수 있는 군대를 조직했다네. 좀비의 이빨을 막을 수 있는 고무 재질로 만든 원피스형 군복에 목을 보호하는 두꺼운 고무 두건을 착용했지. 헬멧도 자전거 타는 사람들이 쓰는 걸로 바꿨네. 총알은 못 막지만 좀비의 이빨이 뚫고 들어갈 정도는 아니지."

"하지만 저 총으로 되겠습니까?"

투 스타의 설명을 듣던 진혁은 신병들이 가지고 있는 M1 개런드 소총과 브라우닝 자동소총을 쳐다보며 얘기했다.

"기존에 쓰던 K-2나 M-16은 좀비들에게 쓰기에는 관통력이 지나치게 강해. 자동 사격으로 낭비하는 탄환의 양도 만만치 않고 말이야. 하지만 저 총들이 쓰는 탄환은 크고 무거워서 좀비들에 대한 저지력이 높지."

"분대 제일 뒤에 움직이는 친구가 매고 있는 건 뭡니까?"

"화염방사기일세. 건물 내부를 소탕할 때는 저것보다 좋은
게 없지. 밀집해 있는 좀비들을 처리하기에도 적당하고 말
이야."

"옛날로 돌아갔군요."

진혁의 말에 투 스타가 씁쓸한 미소를 지었다.

"촌스러워진 건 맞아. 대신 좀비한테는 좀 더 잘 먹힐 거야.
저들이 어떤 전술을 쓰는 지 보여줄까?"

투 스타가 지나가는 신병 소대 병력을 세우고 교관을 불렀
다. 한 걸음에 달려온 교관도 진혁처럼 특전사 출신 같았
다. 지시받은 교관이 신병 소대로 돌아가서는 명령을 내렸
다. 소대는 이열 횡대로 늘어서서 전방에 사격 자세를 취했
다. 교관이 다시 짧게 명령을 내리자 앞 열이 한쪽 무릎을
꿇은 채 사격 자세를 잡았고, 뒷 열은 총을 어깨에 매고 옆
구리에 낀 천 바구니를 앞으로 돌려 맸다.

"앞 열은 사격, 뒷 열은 탄창을 보충해주는 임무를 맡는 거
지. 탁 트인 곳이라면 저런 식으로 사격하면서 전진하거나
후퇴할 수 있지. 그리고 4개 소대가 동서남북 방향으로 저
런 식으로 사격 자세를 취하면 방진이 만들어지네."

"저러다 사격을 뚫고 좀비들이 접근하면 어떻게 합니까?"

"그땐 좀비 커터를 쓰네."

투 스타가 고개를 끄덕거리자 교관이 다시 명령을 내렸다.
총을 내려놓은 신병들이 허리 뒤에 찬 야삽을 폈다.

"구형 야삽의 양쪽을 잘랐네. 도끼처럼 목을 치거나 머리

를 내리쳐서 부술 수가 있지. 하지만 저걸 쓰면 갈 때까지 갔다는 얘기지 그럴 땐 최후의 방법을 쓰라고 가르치고 있네."

"최후의 방법이요?"

투 스타를 쳐다보던 교관이 다시 지시를 내리자 다들 좀비 커터를 내려놓고는 겨드랑이 쪽에 묶인 끈을 잡아당기는 자세를 취했다.

"자살용 수류탄으로 자폭하는 거지. 저쪽에서 수류탄이 터지면 어깨와 머리가 날아가서 좀비로 변할 일은 없어."

투 스타의 설명을 들은 진혁은 짜증을 냈다.

"그러니까 실컷 싸우다가 정 안 되면 자폭해서 좀비가 되지 말라는 얘기군요."

"오해하지 말게. 저건 나 같은 윗대가리들이 고안한 게 아니라 자네처럼 좀비들과 실전을 치른 교관들이 제안한 거니까. 한마디로 철저하게 좀비들과 맞서 싸우기 위해 조직되고 훈련된 군대일세. 저들이 실전에 투입되면 제일 먼저 어딜 점령할 계획인 줄 아나?"

"모르겠습니다."

"서울 근교의 예비군 무기고와 대형 마트일세. 대부분 교외 지역이라 좀비들이 출몰 빈도가 적어서 첫 실전을 겪기에는 부족하지 않을 거야. 거길 점령해서 요새로 만들면 다음에 훈련한 부대를 집어넣을 계획일세. 그럼 첫 번째로 투입되었던 병사들이 그들을 가리키는 교관이 되는 거지. 그런 식으로 계속해서 좀비와 싸울 수 있는 숫자를 늘려갈 생각이야."

"효과가 있을 거라고 보십니까?"

진혁은 시범을 보인 신병 소대를 손짓으로 보낸 투 스타에게 물었다.

"솔직히 장담하진 못하겠어. 저들이 잘 싸워주기를 믿는 수밖에는 없지. 상황이 여러모로 어려워지고 있어. 미군은 어제 공식적으로 한반도와 일본에서 철수한다고 발표했네."

"저도 들었습니다."

"물론 실제 철수는 훨씬 전부터 진행되었지만 말이야. 그나마 한반도와 오키나와 쪽에 있는 미군 물자는 사용해도 된다고 했으니까 한숨은 돌릴 수 있게 되겠지."

"이 와중에도 희망을 찾으시는군요."

"아무것도 안 하는 것보다는 나으니까. 하지만 저들을 실전에 투입해서 성과를 낸다고 해도 특단의 대책이 필요한 상황이지."

"어떻게 말입니까?"

"미국은 아마겟돈 계획을 곧 발령할 모양이야. 좀비들이 많은 동부를 초토화한다는 얘기지. 핵으로 말이야."

"하지만 중국이 한 번 써 먹었다가 실패하지 않았습니까?"

"그쪽은 목표도 제대로 못 잡았고, 성능도 개판이었으니까 그랬고, 암튼 미국 애들 설명으로는 방사능에 쬐인 좀비들의 활동력이 눈에 띄게 줄어든다고 하더군. 그래서 핵을 쏴서 좀비들이 대량으로 있는 지역 자체를 고립한다는 뜻이야."

친절한 투 스타는 나뭇가지로 땅바닥에 어설프게 미국 지도를 그려놓고 열심히 설명했다. 그리고 그 옆에 한반도 지도를 그렸다.

"사실 지형으로 따지면 우리가 그 작전을 써 먹기 더 좋지. 폭이 좁으니까 말이야."

얘기를 들은 진혁이 미간을 찌푸렸다.

"지금도 DMZ로 하루 평균 2만 마리의 좀비들이 남하하고 있네. 얼마 전까지 휴전선 일대에 배치된 기갑부대가 막았지만 이제 그쪽도 탄약과 연료가 바닥 나서 한계에 도달했어."

"그래서 핵으로 장벽을 치자는 말씀이십니까?"

"일단 미국 애들이 하는 걸 보고 효과가 좋으면 따라할 생각일세. 휴전선 북쪽에서 터트려서 방어막을 치면 이 안에 있는 좀비들만 처리하면 되니까 말이야."

"근데 우리한테 핵폭탄이 있습니까?"

"없네."

투 스타는 고개를 저었다.

"미국이 빌려준답니까?"

"손을 벌리기는 했지만 거절하더군."

"그럼 어디서 핵폭탄을 구합니까?"

"윗동네에서."

투 스타는 나뭇가지로 한반도 북쪽을 가리키며 덧붙였다.

"정부 조직 자체가 사라졌으니 그냥 가져와야 한다고 하는 게 좋겠군. 영변 쪽에 핵탄두를 몇 개 짱 박아 놓은 걸 확인했지."

"가서 가져오는 게 말처럼 쉽지는 않을 것 같습니다만."

"물론이지. 그래서 자네가 가게 될 거야."

"제가 말입니까?"

"그래. 핵탄두가 보관된 곳의 위치를 아는 안내인을 붙여 줄 테니까 들어가서 가져오게."

"저 혼자 들고 오기는 무거울 것 같은데요."

"탄두는 그렇게 안 무거워. 위치 확인해서 알려주면 수송 팀이 가서 안전하게 가져올 거야. 그러니까 자넨 그 기지에 가서 안전을 확보하고 사인만 보내면 돼."

"거기까진 어떻게 갑니까?"

"공중 투하를 생각했는데 아쉽게도 그렇게 요란법석을 떨 문제가 아니라서 말이야. 잠수함을 타고 북상해서 북한 지역으로 진입한 다음에 영변으로 이동하는 쪽으로 결론이 났네."

"그러니까 좀비들이 우글거리는 북한 땅을 가로지르란 말씀이시군요."

"맞아. 사실 미친 짓이지. 좀비가 나타난 세상도 미쳤고, 이 와중에 쿠데타를 일으키려고 하는 놈들도 미쳤어. 다들 미쳤지. 그러니까 우리도 좀 미치자고."

나뭇가지를 내던진 투 스타가 진혁의 두 어깨를 꽉 잡았다.

"건투를 비네. 윤 소위."

"네?"

"자네를 전시 명령 3-71호에 의거해서 소위로 진급하겠다. 팀을 잘 이끌고 가서 핵탄두를 찾아오게. 좀비들에게 위협을 당하는 조국의 미래가 걸린 일이야."

주머니를 뒤적거려서 밥풀떼기 계급장을 꺼낸 투 스타가 진혁의 군복 깃에 붙여줬다.

"진급을 축하하네."

얼떨결에 투 스타와 악수를 한 진혁이 물었다.

"그것만 있으면 우리가 이길 수 있을까요?"

"장담은 못해. 하지만 아무것도 못하고 끝나는 것보다는 더 그럴듯하겠지."

"언제 투입입니까?"

"미국 쪽 작전이 진행되는 거 보고, 시기를 결정할 거야. 이번 작전은 망치 작전이라고 부르기로 했네. 아직까지는 비밀이니까 입 다물고 있게. 별도의 명령이 있을 때까지는 일단 푹 쉬게. 소위."

"감사합니다."

진혁의 말에 투 스타가 고개를 저었다.

"이번 싸움에서 우리가 승리한다고 해도 가혹하고 끔찍한 대가를 치러야 할 거야. 무슨 뜻인지 알고 있지?"

불현듯 지나간 기억이 떠오른 진혁이 씁쓸한 표정으로 대답했다.

"네."

"앞으로 얼마나 많은 사람의 목숨을 내놔야 할지 몰라. 그러니까 반드시 살아남게. 무슨 짓을 해서라도 말이야."

"명심하겠습니다."

"같이 갈 팀은 24시간 후에 준비될 걸세. 조국의 운명이 자네 손에 달려 있다네. 잘 부탁하네. 윤 소위."

발뒤꿈치를 붙인 투 스타가 이등병처럼 절도 있게 경례를 했다. 놀란 진혁이 서둘러 경례를 했다. 손을 내린 투 스타가 경호원들이 기다리고 있는 쪽으로 걸어가다가 멈췄다.

"참, 자네가 구출한 여자아이들 말일세. 어제 제주도로 후송됐어. 가기 전에 자네한테 고맙다고 꼭 전해달라는군. 작은 아이, 이름이 뭐였더라?"

"혜진이 말입니까?"

"맞아. 나중에 커서 자네와 결혼하겠데. 그러니까 그때까지 죽지 말고 살아 있게나."

"네, 알겠습니다."

진혁은 경호원들에게 둘러싸여 투 스타의 뒷모습을 계속 쳐다보다가 돌아섰다. 투 스타의 말대로 전쟁에서 이긴다는 보장도 설사 이긴다고 해도 예전으로 돌아갈 수는 없다. 하지만 좀비들에게 맞설 군대를 조직한 것처럼 생존자들 역시 조금씩 대처해나가기 시작했다. 홀로 남은 진혁은 미군 헬기들이 착륙장으로 썼던 연병장으로 걸어갔다. 그리고 예전에 발견했던 낙서 앞에 섰다. 예전에 봤던 '좀비들과 전쟁 중, 근데 놈들이 줄지 않아요.' 밑에 '우리는 아마 질 거야.' 새로운 내용이 추가되었다. 주변을 두리번거리던 진혁은 버려진 백묵 조각을 집어 들고 그 아래에 글씨를 썼다.

'우리가 이긴다.'

백묵 조각을 던진 진혁에게 김 상사가 다가왔다.

"야, 너 때문에 무거운 총들고 건물 주변을 왔다 갔다 하느라 힘들었어."

"팀원들을 위해 그 정도는 해주셔야죠."

"염병할, 이럴 때만 팀이래. 진짜."

투덜거린 김 상사가 히죽 웃었다.

"진급하니까 좋냐?"

"온몸이 짜릿하다. 김 상사."

"어쭈, 쏘가리 주제에."

"북한 갔다 오면 진급주 살게요. 그때까지 꼭 살아 있으십시오."

"너나 잘 갔다 와. 임마."

진혁은 걱정스러운 눈길로 바라본 김 상사에게 말없이 미소를 지었다.

날 살린 좀비

산다 | 전업 소설가
날 살린 좀비

초판 1쇄 발행 2021년 10월 25일

지은이   정명섭

편집   김유정
디자인   문유진

펴낸이   김유정
펴낸곳   yeondoo
등록   2017년 5월 22일 제300-2017-69호
주소   서울시 종로구 부암동 208-13
팩스   02-6338-7580
메일   11lily@daum.net

ISBN   979-11-91840-20-9 03810